1

〔日〕 夏川草介 著 赵江 译

神之病历

人民文学出版社
PEOPLE'S LITERATURE PUBLISHING HOUSE

著作权合同登记:图字 01-2019-7838 号

夏川草介
神樣のカルテ

图书在版编目(CIP)数据

神之病历.1/(日)夏川草介著;赵江译.—北京：
人民文学出版社,2012(2022.10 重印)
ISBN 978-7-02-009229-1

Ⅰ.①神⋯　Ⅱ.①夏⋯　②赵⋯　Ⅲ.①长篇小说-日
本-现代　Ⅳ.①I313.45

中国版本图书馆 CIP 数据核字(2012)第 122896 号

责任编辑:陈　旻
特约策划:李　殷
封面设计:汪佳诗

出版发行　人民文学出版社
社　　址　北京市朝内大街 166 号
邮政编码　100705
印　　制　杭州钱江彩色印务有限公司
经　　销　全国新华书店等
字　　数　280 千字
开　　本　890 毫米×1240 毫米　1/32
印　　张　6.25
版　　次　2012 年 8 月北京第 1 版
印　　次　2022 年 10 月第 2 次印刷
书　　号　978-7-02-009229-1
定　　价　45.00 元

发挥才智，则锋芒毕露；凭借感情，则流于世俗；坚持己见，则孤独无友。总之，人世难居。

——夏目漱石《草枕》

即使没有『神之手』，这家医院也会有奇迹发生……

目 录

第一章　满天繁星

这是何等失态……我慨叹道。

甚至没有解释的余地。

不！问题不在于我，而是环境之过。像我这般勤奋正直有如楷模的青年内科大夫，都陷入了没有解释余地的重大失态中，可以想象环境恶劣到了什么程度。

总之，已经陷入重症的状态，甚至可以说病入膏肓。

而我直到刚才，才意识到这情态危急。

今晚当的是急诊处的夜班。

急诊处的入口排满了伤患和病人，排队的人等到正式看上病估计要一个小时。

时间已经是夜里十一点。距离早上还有十个小时。从进了值班室以后算起我已经接诊了十八人，正感到筋疲力尽唉声叹气的时候，忽然觉得被记忆角落里的什么东西牵动了一下，我停下了手。

看了一眼挂历，确认了一下时间，我不由倒吸了一口凉气。

坏了！

今天是我和老婆的第一个结婚纪念日。

慌忙又确认了一次。可即使再看几次，今天也不会变成昨天。到结婚纪念日结束还有一小时。

"怎么能有这样失态呢……"

我心情沉重地自言自语道。

直到三天前为止，我还一直记着这事。可自从三天前为了重症患者的治疗住进 ICU，又碰上住院患者中有人病情突变，我几乎没有睡过觉。没有了日期的概念，连什么时候吃的饭都记不清了，四处奔走中意识到这件事已经是现在，当天夜里十一点了……

瞥了一眼护士值班室，心想至少应该给老婆发个短信补救一下，可是那一个个精明能干的护士是绝对不会轻易放过我。

正当我做这些旁人难以理解的举动时，眼前的病历又堆积成了一座小山。

在脸上挂着无所畏惧的笑容招呼病人进来的白衣恶魔……不！不对！白衣天使面前，我又能做什么呢？

我瞪着眼前的病历小山，又自言自语起来。

"好吧……"

脸上带着毅然决然的神情和微笑。

"既然这样，本山人自有妙计。"

反话一句，哪有什么妙计啊！

在此需要补充说明。

我叫栗原一止，是本庄医院的内科大夫。

自从信浓大学医学部毕业，单身投奔到这家位于松本地区①中部的医院以后，已经在这里连续工作了五年。本庄医院是家有四百张病床的综合医院，虽然病床数少于同样位于松本地区的信浓大学医学部附属医院的六百张，但作为地方城市的一般医院已经算相当大了，是家担负着从一般诊疗到急救医疗职能广泛的区域性骨干医院。

附带说一句，请原谅我说话的语气略微带点古风。这是我敬爱的漱石先生②的影响。我从孩童时代起就喜欢读《草枕》③，反复读到可以全文一字不漏地背诵下来，就落下了这样一个毛病。按理说本是件琐碎小事，可这尘世间偏偏有人就为这点事把我看作一个

---

① 位于日本长野县，古代信浓国国府的所在地。——译者注
② 夏目漱石，1867—1916年，日本著名文学家。——译者注
③ 夏目漱石作品，发表于1906年。——译者注

古怪的人，真让人悲哀。这种场合，只好对他们的不宽容付之一笑。

话说回来，我一边把病历小山夹到腋下，环视了一下周围。和平常一样，急诊处还是一片杂乱。

肚子疼的大叔、因昏眩坐到地板上的老奶奶、哮喘犯了呼呼喘着的姑娘、腿部骨折不能行走的小伙子，再就是围绕在他们周围的家属、亲戚和陪伴的人……

此地不过是信州的一个地方城市，怎么冒出这么多人呢？不禁产生这样的疑问。难道说这些人白天都潜伏在人们看不到的地下，太阳下山后才跑到街上，而且一齐蜂拥到了医院？不知怎么让人产生这样莫名其妙的妄想。

由此可见，人满为患。

即便用偏袒的目光看，也比上下班高峰时间站前候车室人多。

应对这样成堆的患者，只有干了五年内科大夫的我和两个实习医生。

觉得像胡来吧？

就是胡来！

只能说，如何巧妙妥善地处理好这些胡来，才是地方医院现在面临的问题。

不管怎样，为帮助在最前线手脚忙乱的诸位实习医生，我也应再次参战。

看完感冒三人和尿道结石、带状疱疹、痛风、过敏的患者，又迎来了交通事故的外伤患者。

二十六岁，男性，据说是骑摩托车摔倒，左手朝着怪怪的方向扭曲着，一看就骨折了，像是很痛的样子。当然会痛！

还不能跟他解释，我是内科大夫。

本来，治疗骨折或跌打外伤不是内科大夫的职责，可我再暗自说"我是内科大夫"，骨折也不会变成肺炎。

看了患者的 X 线照片，左侧桡骨远端骨折。

摆出一副给人家诊断了不起的架势，可连"桡骨"中的"桡"这个汉字怎么写都不知道。无法掩盖经验浅薄的事实，能做到的只是绕上石膏绷带、开点止痛药，当然还要附带上大量虚张声势的言行。

顺便说一句，这时候，如果戴着标有"内科医生"的胸牌，会给看到它的患者带来不安，所以，夜班给我们的是和白天不同的胸牌。

"急诊医生"，实际上是很便利的名称。

当然，不管胸牌如何巧妙变换，戴它的人变不了，还是白天的内科医生。在慢性医护人员不足的这个城市里，不论你是外科、内科，还是耳鼻喉科或皮肤科的大夫，都会作为一个"急诊医生"给人看病。大概会有人质问，这样合适吗？当然不合适。但这也是地方医院的现状。

社会这个东西，就是这样不停地转着的。

在连续不断地旋转中，自己究竟朝着哪个方向实在难以辨识，这就是当今社会。而在这种旋转中，假如只是你自己停了下来，世上的其他人肯定会把你当作怪人。其实被当作怪人我并不觉得有什么，只是不想给老婆带来麻烦，所以暂且跟大家一起旋转吧！肯定这世上很多人也是这样转着的，一边抱着各种各样的不满和不安，一边不停地旋转着。

轱辘轱辘，轱辘轱辘……

"栗原大夫，一个人嘀咕什么呢？病人可等着呢！"

突然听到从治疗室传来经常听到的声音。

把头从窗帘后探出来的，是急诊处的外村护士长。年龄好像是三十岁，单身，是个既能干又漂亮的护理师。

我放下X线照片站了起来。

"别在意，我不过是对这不合理的社会结构发点牢骚。"

说着，看看窗帘那边，患者和打石膏的准备都早已做好。真是精兵强将！

"发点牢骚倒没什么，不过这些事最好只藏在自己脑袋里。要不新来的护士们都会认为你是个古怪的大夫。不注意点会妨碍工作的！"

"任意驱使弱者的社会，把贤明的年轻人看作怪人的工作场所，不合理都渗透到了这里……"

我一边故意大声说着，一边用不大熟悉的手法裹起石膏绷带。被打上石膏的年轻人像是有些不可思议般地望着我，这种时候最好脸上流露出操作很难的表情。

外村脸上挂着苦笑适时给我帮忙，我甚至觉得，与其两人一起来裹，不如她一人处置会固定得更加漂亮。

终于裹完可以喘口气的时候，传来有力的说话声。

"栗原大夫，急救车马上到！"

刚要松弛的气氛一下子又紧张了起来，我马上把剩下的活儿拜托给别人站了起来。

"六十五岁，男性，二十二点突然胸痛……"

年轻的护士一只手拿着紧急专线电话，一边麻利地记录着急救队传过来的信息。我扫了一眼记有急救车信息的记事板。救护车从三乡村开来，预计十分钟后到达。

"生命特征呢？"

"血压100，脉搏125，氧饱和度89%，意识稍有些模糊。"

是心肌梗死！

"准备心电图、硝酸甘油、氧气！"

一边说着，一边扫了一眼诊疗室。实习医生的海大夫和山大夫都在忙着应对眼前的患者，好像谁也没有工夫顾及这边的事情。

解释或许是画蛇添足，实习医生们参加工作才半年，现在还分不清什么是海里的，什么是山上的东西，所以我这样称呼他们，当然只是在自己脑袋里，不会说出口来。

外村护士长从治疗室里出来，看了我一眼说："怎么啦？"

"哦，我想要是心肌梗死的话，他们一起参与诊断也许对他们学习有帮助……"

"大夫这么说是你的长处，可现在急诊处的状况是医院的短处。"

"你说的话怎么不好懂啊。"

"很简单。就是说，没那个闲工夫！"

正说着，外面传来急救车的警笛声。听到声音，海先生回头看了一下，可实在腾不出手来。

"没关系，由我来处理，这里拜托了。"

我挥挥手，朝入口处走去。

从急救车搬下来的担架上，躺着失去血色出着冷汗的男子。把他转移到表示最重症的红色病床上之后，外村护士长熟练地做了心电图递给了我。

沉默了片刻，我叹了口气。

"说中了，是 AMI（急性心肌梗死）。"

话音未落，外村护士长立刻高声喊叫。

"马上和循环器官的大夫联系，接通后给栗原大夫。然后做点滴、抽血。请暂时离开轻病患者，优先红色病床。"

真是利落！

我坐到电脑跟前，输入具体的处置方法，然后她们会自己做好的。

确保系统畅通、口含硝酸甘油、输氧管输氧 3L、敏立舒注射液……

可是，连喘口气的功夫都没有，前台的热线电话又响了起来。

附近的年轻护士马上拿起电话，回答了一句"是，知道了"，把头转向了我。

"栗原大夫，十九号国道交通事故，三车追尾，运来四人。"

我停下敲击键盘的手，看了一眼外村护士长。她没有停下处置，瞥了我一眼，耸了耸肩膀。

看来今晚又睡不了觉了。

我站起身，拿起旁边的一堆病历。敌人大部队到来之前，要不赶紧把嚣张的先遣部队击退，急诊处可要天下大乱了！

进入诊疗室前，我看了一下表。

零时五分。

结婚纪念日已经过去了。

头痛……

脑袋像是被铁锤当当敲过一样疼痛。

附带说句，据脑外科教科书记载，脑本身没有痛觉神经。所以即便是没有麻醉的情况下用勺子在脑浆中一个劲儿地搅和，人也不会感觉到痛。当然没有人实际尝试过。即便尝试，被问到"疼吗？"还能回答的也不是人类。

不管怎么说，我每次觉得脑袋像这样剧痛，都确信我脑袋里有凡人所没有的特殊的痛觉神经。可是，这一重大发现，在头疼的时候没精神跟别人说，不疼的时候说出来又怕人家笑话我是傻瓜。

我斜靠在医疗部的沙发上看了看表，时间是下午五点三十分。位于二楼的医疗部窗外，天空已经呈现出夕阳暮色。

从昨天晚上，不，准确地说，从昨天早上已经连续工作了三十五个小时。中间合计小睡了约一个半小时，剩下的时间都在活动，而且直到现在病房的业务还没有结束。

一想起接着还要查病房，不知怎么立刻觉得敲击脑袋的铁锤变得更加有力了。

"哦，听说你值夜班又赶上了头彩。"

突然飞来不客气的高昂声音。

我在沙发上只是把头转了过来，一个巨兽般的黑大汉不知是搞错了还是怎么回事，裹了件白大褂站在那里。

感到恐惧的我战战兢兢地小声说："对不起，这里是医院的医疗部，是无关人员禁止入内的区域，特别是又黑又大的莽汉，会吓到患者，非常危险……"

"说什么胡话呢！"

砂山次郎冷笑着说道。

这个本来就长得黑，偏偏又喜欢穿雪白的白衣，像黑白电视机一般的怪兽是砂山次郎。

出生于北海道牧场农户家的这条大汉，从大学医学部的学生时代起就是我的知己。当学生时住在同一个宿舍的隔壁房间，一起生活了四年，想断也断不掉的缘分。毕业后，他进了大学附属医院的外科医疗部。原以为就此和我这个与大学附属医院无缘，一毕业就进了市内本庄医院的人，再无任何关系。我本来才松了一口气，以为终于结束了一段寒碜的孽缘时，却不知是什么奇巧因缘，行医三年之后，他竟因为人事变动，又被大学医院派到了本庄医院的外科。

结果从那时开始，又是两年，每天桌子挨着桌子一起工作。

他刚来的时候……

"好不容易才从和你的孽缘中解脱出来，真没想到又碰到一起了。"我嘟囔道。

"不要害羞嘛！"

他大声叫喊着意义不明的语言。脑袋有毛病！

"到底是'招人的栗原'啊，听说你一到急救门诊，医院的收入就增长了一点五倍。"

哈哈哈！他笑着，用熟练的手法冲了两杯速溶咖啡。

超浓的速溶咖啡是怪兽的最爱。

首先把令人难以置信的大量的咖啡末溶化，苦得让人难以忍受，然后再加入大量的砂糖，就做出了说不出是苦是甜、味道浓厚的"砂山牌特制咖啡"。把它倒到彻夜加班后的嘴里，舌头辣乎乎的，怎么评价也不会是毒药以外的东西。顺便说句，要不是彻夜加班判断力低下，绝对会怕得不去喝它。

"说是 AMI 外加气胸的、骨折的，最后还有吐血的，上周我值夜班的时候，怎么连一半也没有呢？"

他稳稳当当地坐到我的对面。

因为熬夜疲劳到了极点，我连回答都觉得麻烦，沉默着喝着咖啡……舌头有些麻木。

"最后的吐血，说是出血性胃溃疡？一夜没睡的脑袋，还能操作好胃镜？"

"……这个难喝的咖啡能不能想点什么办法，我也快得胃溃疡了。"

我故意大声说着"砂山牌特制咖啡"的坏话，可这牢骚话，没有给这大汉晒得乌黑的皮肤带来任何痛痒，只得到了他豪爽的笑声。

事实真是这样。这五年里，只要赶上我在急诊处值夜班的日子，重病患者就格外多。这样的医生被护士们称为"招人的医生"，相当不受欢迎。"栗原大夫当班的日子几乎睡不了觉"，急诊处的护士们异口同声地说。甚至有人在每个月的值班表中，单把我当班的日子用红笔圈出来提醒大家。

被安排拼命地干活儿，还落了个招人讨厌的结果，我还觉得委屈呢！

我靠在沙发上，把目光投向窗外。

"都是随意挂上那样的招牌惹的祸。招来那么多患者，不得不超负荷工作。"

从窗口能看到医院正门上方，威风凛凛地悬挂着写有"24小时，365天看诊"这样夸张的招牌。就连白天的诊疗都很费劲的状态，挂那样的招牌也不觉得害羞。

"不过，急诊不论在哪家医院都是不招喜欢的工作啊！"

次郎端着杯子慢吞吞地站了起来，边往窗边走边说着。

"就连城市里的大医院，都存在着相互推诿或是拒绝接受的情况的时代，不过是一家地方医院，敢提出这样的理念本身，就很了不起了。"

"理念是没错，我也赞同，所以才这么干着，可是……"

接着流露出来的只是叹息声。

本庄医院自设立以来，一直树立这么一种理念：诊疗不分白天黑夜，患者也不分初诊还是转院，一切都予以处置。作为地方医疗的骨干医院是当然的义务。

理念是完美的，可实际上并没有那么简单。

急救车的警笛声彻夜不断，可接待它的，是睡眠不足和低血糖的大夫，外加经验不足的实习医生。那个招牌对患者来说当然是求之不得的，可从医院内部来看不过是外强中干的纸老虎。

"喂，别那么消沉，一止。我们在支撑着这个城市的医疗。不是很有意义的工作嘛！"

我不耐烦地望着得意洋洋地唱着老调的黑大汉外科医生。

"你这不着边际的积极思想，倒是你为数不多的优点之一，值得赞赏。"

"不，不，谈不上。"

"傻瓜，真以为我在夸你呢！"

我狠狠地瞪了他一眼，黑色怪物还是以往那样根本没有在意地暗自笑着。

这个怪物，忽然显现出一种奇妙的表情：

"可是，一止，稍微打听一下……"

声音很低，黑色巨大身躯也坐立不安地蠕动着，令人感到不舒服。

"南三病房的水无阳子，有男朋友吗？"

没有理解他提问的意图，我沉默了片刻。

"……阳子，是病房护士的阳子？"

"其他还有谁呀？就是那个个子不高非常可爱的阳子啊！"

"……你小子！"

"我知道！"他一下子嗓门高了起来。

嘴里含着的难喝的咖啡受到惊吓窜进了鼻腔，鼻子也变得有些麻木。

"我知道，一止。那个可爱的阳子小姐跟我，整个是'美女和野兽'，可是……"

"次郎，你要先向野兽道歉。"

令人吃惊。这个巨大的黑汉子居然看上了那个小巧可爱的护士。

名叫阳子的护士，是个栗色短发总带着笑容的招人喜欢的护士。工作还不到一年时间。性情温和，又很机灵，当然还是未婚，所以非常受人喜爱。

附带说句，其实也不值得一提，次郎也还没有结婚。

"要说约、约会，能一下子就跟人家说吗？"

"你在说什么呢？"

这家伙，要是说起外科手术，在同辈之中拥有令人惊叹程度的知识和经验。可要是关于女性，只会说出小学生程度的语言。

"别那么冷冰冰的，你不是说过当年约榛名小姐去上高地^①的事嘛。"

---

① 位于日本长野县西部的旅游胜地。——译者注

榛名小姐是我的妻子。

"别瞎说了，那不过是我要去上高地，她悄悄地跟着来了的事。"

"真的吗？"

"当然是假话。"

我将杯中的砂山毒药一口喝干，站起身来。

虽说刚熬完夜，可病房的工作还没干完呢。

"喂！你别跑啊！一止。"

"有工作，病房还没有查完呐。"

"那是不是要去南三病房呀？"

"那里是内科病房，当然要去了。要给阳子小姐捎个话儿？"

"那、要是可以的话……"

"就说砂山大夫想跟你约会，行吗？"

"别说得那么直截了当啊！"

"到底要怎样！"

越来越糊涂的我，不再理睬在身后发出奇怪声响的黑大汉，走
出了医疗部。头痛明显又恶化了。

我所在的本庄医院消化内科，除了我以外还有两名医生，都是
超老资格的前辈，是分别担任着消化内科的部长和副部长的大牌医生。

部长先生挺着大大的肚子，以爽朗的笑声赢得患者的爱戴。根

据他的风貌，我称他为大狸先生。副部长先生骨瘦如柴，脸色极差，而且连续熬夜三天或是连续休息三天都没有任何变化，因为形象正好和大狸先生成为鲜明对照，我称他为古狐先生。

两位老先生都是内镜的专家。大狸先生被誉为信州的神医，古狐先生则作为他的得意助手长期支撑着这个城市的医疗。

极端忙碌的本庄医院消化内科，除了我就只有这两位医师。仅靠这样的作战能力，要应对门诊、病房、内镜检查和夜间紧急治疗等，是有些胡来。

当然医院一直在拼命招募医师，可没什么人愿意来这个地方的医院，即便来了，也会被这里恶劣的工作环境惊得目瞪口呆，马上转身离去。

如此陷入恶性循环的地方医师不足的问题，还在逐年加剧。

我呢，并非因为有什么远大志向而坚持在这里工作，不过是靠着一小撮信念和来阵风就可以吹走的使命感，勉强支撑着。

原本是被周围作为怪人对待的我，大概具有某种能力，能够坦然应对凡人过不去的地方，所以不知为什么来到这家医院之后能待上五个年头。

"啊，栗原君……在查房吗？"

我甩掉次郎那个傻瓜出了医疗部，直接走到内科的南三病房。刚一露面，就听到软弱无力的招呼声。

在病房的一角，脸色比任一个患者都更加难看的古狐先生微笑着。他摇晃着站起身来，用不稳的步伐走了过来。

"先生，您身体不要紧吗？"

"身体？正如你看到的，绝对良好……倒是栗原君，刚值完夜班……辛苦啦！现在去查房吗……"

"是的，先生。一会儿我来收拾，先生偶尔也该回趟家了。已经在医院里住了五天了吧？"

"是啊……有那么长了吗……"

颤抖着的小声、断断续续的会话、异常稀薄的存在感……跟古狐先生说话，不知怎么就像是在与附在这家医院里的幽灵交谈。

"真会体贴人啊，栗原君……好，你这么说了……就按你说的今天回家去……"

"是啊，您就放心成佛……不，回家去吧！对了，看到部长先生了吗？"

"他已经回家了，像是说了句，剩下的事拜托给栗原君……说是要背着夫人，只跟女儿两个人喝酒去……说是不能告诉夫人……好像非常高兴似的……"

无法判断他说的是真话还是开玩笑。补充说明一句，大狸先生没有女儿。

目送着古狐先生飘飘地离去，我走进了病房楼。

四十名患者，漫长的查房。

病房楼右侧是一排大病房，是病症较轻的患者住院的地方。

患的病也各自不同，肺炎、心力衰竭、胃溃疡、风湿等等。我的专业本是内科中的消化内科，可在这慢性医护人员不足的地方医院里，那样挑剔是行不通的，和内科大夫到了夜间摇身一变成了急救医生一个道理。

能够大声吹嘘自己的专业是消化器官或是循环器官的，在地方上只能是在大学附属医院里。而在第一线最重要的仅仅是，你是不是医生这个程度而已。

大房间中排在最前面的303号中，有三名女性住院者。

"哇"，我一进去，三人一齐叫喊了起来，然后面带红晕相互看着，叽叽喳喳谈论着我的发型、服装，最后像是满足了一般相互点着头。

"大夫就是帅。"说话的是丰科女士。

"面带倦容也招人喜欢。"这是明科女士。

"我都有点不好意思了。"最后是仓科女士。

……我好像特别招她们喜欢。

不！各位千万别误会。她们的平均年龄是六十九岁，三人加起来超过二百岁。

有"三只糖尿病乌鸦"绰号的丰科、明科、仓科三人，是住院接受糖尿病教育的患者。

作为生活习惯病的二型糖尿病，是丝毫不可轻视的严重疾病。连同肾脏、视网膜、神经疾病三大并发症，占据了日本透析病因的第一位，失明病因的第二位。附带说一句，占据失明病因第一位的，现在是青光眼，过去就是糖尿病。

所以，对糖尿病患者来说，关键是要控制住，不发生这些严重的并发症，因此通过住院对她们饮食和运动进行指导具有非常意义。

实际上并不像说的那样简单。

她们一天中的大部分时间除了吃就是聊。经常见到为接受教育住院的患者，但他们绝不运动，绝不走路。所以才成了糖尿病。

所以，所谓要指导的只是两件事——少吃多动。没有别的。

可是，对于负责指导的我说的话，如同刮过去的风。每次见到她们，总是热烈地品评着我，当然手里还拿着饭团或是曲奇饼干之类的食品。

要是不假思索反唇相讥，问上一句，我是那么有人气的人吗？

"讨厌！大夫。只要是年轻男人谁都一样啊！"

……原来如此，合计二百年的岁月到底没有白过。

只能在病历上写上："建议尽早出院！"

有一位叫作安昙的胆囊癌患者。

七十二岁的老奶奶，胖墩墩的，个子不高，不论什么时候在哪儿遇见都是毕恭毕敬地低下头来问候。她那和蔼的笑容，在护士中很有人缘。

幸亏现在只是有些轻微的疼痛，没有其他症状。正在服用抗癌药物，还没有出现副作用。

身体状态好的时候，她会孤零零地坐在休息室角落的椅子上，几个小时一动不动地眺望着远处的北阿尔卑斯群山。据说她喜欢山。

"总是工作到这么晚，您辛苦了！"看到低下头来和蔼地跟我打招呼的安昙女士，体会到了护士们的评价。

果然如此，我的心情一下子好多了。

离护士值班室最近的单人病房中有位叫田川的病人。

"田川先生情况有些恶化。"

我坐到电脑前，打着电子病历的时候，身后传来说话声。

转身一看，病房护士主任东西直美站在那里。

"好像疼得很厉害。"

我把目光转向值班室对面的 300 号病房。

田川先生是位六十二岁的胰腺癌患者。发现的时候已经转移到了全身，没有治疗的办法。两周前病情开始恶化，现在的状态是靠注射吗啡度日。

"是不是吗啡不大起作用呢?"

"好像是。看他那个样子总想做点什么……不能再增加一些吗啡用量了吗?"

"你也知道这种状态下调整剂量多么难。如果把疼痛止住了,呼吸也停止了,就没有意义了。"

"我知道。"她嘟囔道。直美在旁边的电脑前坐了下来,调出田川的检查结果。黄疸、肾功能衰竭,还出现了腹水。

"两周之内……闹不好一周之内就可能骤然恶化。"

"我想尽可能让他舒服一些。"

我点点头,没有说话。

东西直美二十八岁,已经是病房护士主任,是位非常优秀的护理师。不仅聪明,特别是危急时不慌张冷静处置的能力,得到大家一致好评。我在过去几年经历混乱场面时,多次得到过她的帮助。

就是这样一个能干的人,却少有地面带难色。

"怎么啦?"

"其实……"

直美稍微压低声音告诉我,负责田川先生的护士是刚工作不足一年的新手,还没有看护癌症患者的经验。那个护士看到最近田川先生非常痛苦的样子,像是相当动摇。

"那换一个护士负责看护他不就行了？"

"不是那样的问题。不管是谁，都必须过了这个坎儿。"

看着发呆的直美小姐。相处这么长时间居然没有意识到，她长得相当漂亮。

"我想尽可能帮她出主意，让她自己克服这个困难。"

"是吗。所以才把这些告诉我这个主治医生？"

"是的。"

"好！我以后也注意一点。护士的名字呢？"

"水无阳子，才来了一年。"

我不由停下了敲击键盘的手。

哦，真是巧！

"怎么啦？"

"不，没什么。问题只是那个阳子小姐有男朋友吗？"

"……喂！我跟你说正经事儿呢！"

直美气呼呼地把细细的手腕插到腰间瞪着我。

不行！高度疲劳的情况下，无法区分心里想着的事和嘴上说出的事了。直美看着我的眼睛中带着凶光。

"医生本来就被大家当作怪人了，听别人说话时态度认真一点不行吗，要不我也会那么做了。"

"说什么呢！我什么时候都是认真的。本来把我这样既勤奋又正直堪称楷模的人当作怪人就是严重失礼。那小子是何方人士姓甚名谁呀？"

"就是因为你尽说些落后于时代的话才被当作怪人的。整天就知道读夏目漱石，说话的口气都变成怪怪的了。"

真是唐突又蛮横的说法。确实，我喜欢读《草枕》，诊疗的空暇还会翻开它看看。可是，就为了这点事把我当作怪人，是不是心胸过于狭隘了呢。

"我读夏目漱石，还是森鸥外①，跟你有什么关系？"

"是啊，是没什么关系。没什么关系我就不能……"

突然，直美闭嘴不说了。

"怎么啦？"

"没什么。"

直美一下子把头扭向一边。然后夹杂着叹息补充道："有些担心。脑瓜是聪明，可不能正确认识自己，别人也没法过多帮忙。"

"我可是有妻室的人，不用帮什么忙。"

之后的沉默，使气氛更加险恶。

直美像是要反驳什么，可只是留下更大的叹息和冰冷的视线，不知往什么地方去了。

---

① 1862—1922 年，日本著名小说家、评论家。——译者注

糟了！

随着疲惫不断积累，逻辑模糊的失言增多了。拘泥于没什么大不了的事，思维能力下降。当然，并不是我不好。还是因为恶劣的环境。可是，没有道理让直美小姐生气，一会儿找机会向她道歉吧。这下好了，要干的事又多了一件。

我深深地叹了口气，看了看表。

已经是晚上十点了。从开始工作到现在已经接近四十个小时了。

已经困得不行，可不把患者点滴的事交代好还不能去睡。

还是患者太多，不，应当说医生严重不足。如果再有两名内科医生，也不至于这么辛苦。接受彻夜未眠快要倒下的大夫打点滴的患者也很悲哀。假如高速公路巴士的司机睡眠不足的话，大概谁也不敢坐他的车吧。

……不行啊……打个比方都说不好了。

又深深地叹了口气的时候，一下子眼前出现了一杯咖啡。

"就差一点点了，加把油！大夫。"

我抬起头，是原以为叫我气跑了的护士主任直美。

从杯子看，就和砂山特制品牌明显不同，抽动了一下鼻子，香气扑鼻。咖啡的香味唤起了残余的力气，精神也兴奋起来。

啜了一口，确实美味，令人陶醉。

这才叫咖啡呢！

看到我美美地喝着咖啡的样子，直美严峻的面孔上终于露出了一丝苦笑。

"精神好点了吗？"

"好些了，谢谢！不过，我刚才说过了，我可是有妻室的，要是想拿一杯咖啡来糊弄我，那可行不通。"

还是刚才苦笑着的脸，稍微有些僵硬。

之后沉默的时候不知在想什么。

匆忙转身离去的直美头也没回扔下一句。

"大夫，最好抽空去照个脑部 CT！"

原以为咖啡因让我醒了过来，看来只是错觉。

夜空中月亮在飘动。

准确地说，飘动的是云彩。大概是过度疲劳的关系，觉得静止不动的云背后，发出青光的月亮在以很快的速度移动着。一直盯着看会有些眼花，再强忍着看的话就会不舒服了，所以，我在适当的时候移开视线，走了起来。

已经到了九月。从医院出来快到夜里一点了。初秋的晚风有些凉意。

大阪和东京大概还是秋老虎的炎热季节，可在这个城市，秋天不过是严寒冬季的前奏。信州的秋季很短，秋老虎几天就会销声匿迹，美原高原顶部一开始被染成白色，万物冻结的季节很快就到来。

无意之间天空的云干净地散去，周围满是银色的月光。

阴历十三略微有些欠缺的圆月，把回家的路染成青白色，连柏油路都被月光映成白色。寂静下来的银白色道路，仿佛给人一种可以通往这个世界任何地方去的奇妙感觉。

从医院向北，穿过民宅间的小路，到达由巨大树木包围着的守护林。

这里是深志神社。

是供奉着菅原道真①的一座小小的神社，不过历史相当悠久，建筑也有特色。白天院内成了附近一些不守规矩的人的停车场，非常拥挤，可到这时候，雪白的砂砾反射着月光，寂静的空气沁人心脾。拜殿旁的红色灯笼增添了一丝情趣，非常美。

回头瞥了一眼，民宅间露出本庄医院黝黑的身影。在银色的月光下，巨大的建筑物仿佛是日本传说中的巨人法师般屈身伏地，马上就要站立起来。

穿过深志神社就到了站前大道，再走过中町街、女鸟羽川、绳手街，穿过四柱神社的院内，可以看到松本城的威容。到了这个时间，照明灯已经熄灭，浮现在月光下的黑色城墙，使人感到国宝的

---

① 公元845—903年，日本平安初期的学者、政治家，死后被尊为学艺之神。——译者注

威严庄重。从黑门前沿着内壕穿过二之丸，大片旧式风格的住宅街就会显现出来，我的家就在那里的一个角上。

御岳庄——陈旧的高大立式招牌悬挂在门前。这是一栋已有二十多年历史的仿佛有幽灵出没一般的二层木结构房屋。

原本经营过旅店的建筑，现在则把一个个房间租给别人居住。一层和二层有不少房间，长长的楼道通往各处，设计上非常大气，大概过去也曾有过一度辉煌，可现在看不出一点那种辉煌的历史。建得很有气派的大门旁边，漂亮的古梅树伸展着枝叶，也是因为没有得到充分的修剪，树枝缠绕着屋檐和瓦，仿佛是树海中的遗迹一般的景象。

我打开从未见过上锁的玄关处的拉门，脱掉鞋子走了进去。满是尘土的楼道，会让人以为还在屋外。登上像是为逃离那里而设置的楼梯来到二楼，第三个房间"樱之屋"便是我家。

"我回来啦！"

说着，拉开拉门探进头去，没有老婆的身影。

十二叠大小的房间正中央的饭桌上，放着小小的便条。

工作辛苦啦！

为摄影要去勃朗峰大约一周时间。

——榛

是吗？好像是听她说过这样的话。说是这次要从山顶拍日出。可勃朗峰……

便条的旁边，放着一个装有黑色钢笔的盒子，还有一个蒙着保鲜膜的手工制作的蛋糕。旁边又是一个便条。

祝：

结婚一周年！明年也请多关照！

"嗯，也请你多关照！"

我也高声问候道，当然没有回答。

有些寂寞！

我一下子躺倒在榻榻米上，整洁的房间里没有一丝灰尘，是老婆每天努力的结果。正因如此，马上就要崩溃了的御岳庄里，唯有这个房间被冠以"极乐屋"的称号。屋檐下有老鼠，屋顶内侧住着鸽子，什么时候都听得到鸽子拍打翅膀的声音，人的脚步声等等，只有这个"樱之屋"，多亏老婆的福，始终保持着令人舒畅的恬静。

半夜一点，而且刚加完班，可不能这样精神下去。从堆积在枕边的书中抽出了一本芥川的《齿轮》①，可读起来心情更加郁闷，

---

① 日本著名作家芥川龙之介的小说，发表于作者死后的1927年，描写一个被时代抛弃的知识分子的绝望和不安。——译者注

更感寂寞了。

正在这个时候，忽然，"大夫、大夫……"，听到奇怪的声音。

我不由得竖起耳朵。

"大夫、大夫！"

我猛然意识到站了起来。

"是男爵吧？你叫我？"

"是的，大夫，好久没回家了啊！"

我走到房间角落里随意堆放的夏目漱石全集旁，抽出《彼岸过后》和《梦十夜》，挪开的空间下地板上有个大的破洞，随着有些冷的空气流入，刚才的声音更加清晰了。

"大夫，好久没见了，来一杯怎么样？"

说话的人，是住在位于我们"樱之屋"正下方的"桔梗之屋"，称为男爵的人。"樱之屋"的地板有一块烂掉了，和"桔梗之屋"的天井背后贯通，而不知怎么，"桔梗之屋"的天花板也烂掉一块，所以，我跟男爵可以通过这个洞穴直接通话。

"不管怎样，榛名姑娘好像也不在家，就您一个人吧。我也正好在和学士殿下小酌，您看怎么样？"

明天还要工作，早晨八点必须赶到病房。现在是凌晨一点，而且是刚值完夜班……

可是因为工作过于忙就把结婚纪念日丢下不管不顾，终于回到家老婆又不在，这种寂寞实在难耐。

我心里很容易动摇。

"好，我去，正好还有一瓶秘藏的吟酿①。"

"那好，我们在学士殿下的房间等您。"

男爵的声音远了。

我把《彼岸过后》和《梦十夜》放回原处，抽出书架上印有《哈里森内科学》的巨大书盒子。盒子里藏有一瓶"白马锦"纯米大吟酿。

要想保存须避光的日本酒，巨大的书盒子非常便利。唯一的问题，就是能装下七百二十毫升酒瓶的大书平时比较少见。从这一点来说，医学书具备了实用的尺寸值得推荐。我多次瞬间感叹：还是当医生好啊！

没有告诉老婆，另外在《户田细菌学》和《奈特解剖学》的盒子里，也都藏有贵重的名酒。本来该装在盒子里的东西，早已在毕业时转让给了后辈，那是五年前的事情。

手拿"白马锦"青色的瓶子，我意气昂扬地走出"樱之屋"。

要去的是一层最里面的房间"野菊之屋"。

御岳庄里有很多住户。

---

① 用上等原料精心酿造的日本酒。——译者注

说"很多"实际上非常含糊，因为我也不清楚实际的人数。

迄今为止，遇到过身穿工作服的大叔、穿西服的年轻人，还有弹着吉他的小伙子和身穿学生制服的小姑娘，各种各样的人种，只是没有机会深交。我过着轻易回不了一趟家的生活，也许碰到彼此都会认为对方有些来历不明。

位于车站前这个地段，房租可以说是相当的便宜，房间的大小也是从四叠半到十二叠规格齐全。因为建筑物原来是旅店，每个房间都是木拉门，可都配有旧式的门锁，功能上没有问题。当然，拉门这个东西，是用拳头随便一捣就会破的便宜货，可没有闲人会费那个劲儿侵入什么都没有的房间。

厕所、浴室、厨房全都是共用。这也是因为原来是旅店的缘故。厕所的数量也多，一层厨房里还有一排四个龙头的巨大洗涤水槽，很实用。我跟这里的居民相识，基本上是在这个大厨房里。

除了每个月一次，负责管理的老人像是突然想起来似的到这里打扫卫生，基本上无人照料。对于每周一半以上时间住在医院里的我来说，这一点不是什么问题。也许其他住户也过着差不多的生活吧。

入住这个奇妙的建筑物中，是五年前我从医学部毕业的时候。

那时也有曲折复杂、起伏跌宕的故事，说来话长只得割爱。不管怎样，住进这里已经五年了，虽说不回家的日子不少，但住了这么长时间，还是会结交关系亲近的朋友。

其中一个就是"桔梗之屋"的住户，画画儿的男爵。

另一个是"野菊之屋"的住户，研究生的学士殿下。

下了楼梯，沿一层的走廊走到头，就是"野菊之屋"，正好是"桔梗之屋"的对面。拉开拉门，八叠大的房间里充满了威士忌和葡萄酒的香气。

近处正在喝着威士忌、蓝色头发的是男爵。乍看上去有四五十岁，偶尔却露出少年一般的样子，实际年龄不详。不论什么时候都叼着喜爱的石南根烟斗，四处游荡着。职业是绘画。

他一旦拿起画笔，油画、水彩画、水墨画甚至铅笔画，可以用各种表现方法在画纸上发挥得淋漓尽致，是个绘画奇才。

只是轻易看不到他认真地拿起画笔。

不过，一个月左右会有一次一时兴起创作一幅作品，把它拿到街上的画廊，转眼间以十万计的巨款就会滚进腰包。一回到家便得意洋洋地招呼我们喝高级的苏格兰威士忌，宴会要开到第二天早上。然后的一段时间里用余下的钱过着悠闲自得的生活。等钱花完了，再拿着一时兴起的作品去画廊，又拿回巨款开宴会……

实际上是梦想着这样生活的，不出名的贫穷画家。

"画儿怎么样？"

"这次肯定是最棒的作品，不过还在这里藏着呢。"

他面带微笑，用手指着自己的脑袋。

最初跟他相识，是我入住御岳庄当天。只见一位绅士，把画架立在大门旁，在画古梅树。对上前打招呼的我，一边缓慢地低头致意一边说道。

"欢迎来到社会底层。"

后来，看到他慢悠悠地装满烟斗，悠闲地吸上一袋那样华丽的举止，我们给他起了个"男爵"的绰号。真实姓名好像当时问过，可根本没有记住，五年来一直都是称男爵，也从来没有过不便。

舒适地坐在里面椅子上喝着葡萄酒的是学士殿下。短发，戴着银色镜框的眼镜，目光清澈，笑容和蔼，完全是一副君子风貌。现在置身于信浓大学文学部哲学科，是研究生院的博士在读生，据说在埋头研究尼采哲学。他通读古今所有文献，其渊博的学识几乎涉及了所有领域。

附带说句，五年前我跟学士殿下相识的时候，他就在攻读博士课程，而且好像那时就已经在"博士课程"中度过了一段时间，加起来算像是经过了相当长的岁月。不知作为正规注册学生可以读多长时间？可在这个御岳庄，没有那样不通情理的人，会对学士殿下这么一个极为稳重的书生，详细询问那些无聊的问题。

本来搞学问最需要的，就不是什么学历而是气魄。问题是这种理所当然的道理早就被这个世界所遗忘。

"研究进行得顺利吗？学士殿下。"

"嗯，顺利。打算春天前再写出一篇论文。"

他微笑着答道。

正是这样，不管多少年一直停留在博士课程里，他的人生中也没有丝毫不安，反而洋溢着对坦荡前途的自信和希望。

"好像有些日子没回家了吧，大夫。还是老样子吗？那个本庄医院。"

"没有变化，不管是门诊还是病房都是满满的，像是根本没有地方城市人口过少的问题。站前不是有些不够热闹吗，与其说吸引投资建大型百货店，不如建家医院，马上就能解决问题。"

我打开带去的"白马锦"，伸手取来放在桌上的白瓷酒杯。男爵利索地拿过酒瓶给我斟满。

"夫人好像又去什么地方旅行去了吧，大夫。昨天晚上一直在忙着出门的准备。"

"嗯，又来了摄影的工作，这次是勃朗峰。"

"'Mont Blanc？'是苏格兰威士忌的新品牌？"

"是栗子做的西点。"

"是山峰的名字，海拔四千八百米，欧洲阿尔卑斯山最高峰。"

学士殿下爽快地插话说道。

他的学识确实博大，我们恐怕还不及他的脚下。

"榛名姑娘昨晚看上去像是有些寂寞，发生什么事了吗？"

学士殿下的目光就是锐利。

"嗯。"我噎了一下，坦率地吐露了我把结婚纪念日给忘掉了的事情。

"是吗？那可太差劲了。像是画在画儿上的典型傻瓜。不！那样说对画儿不恭，作为画画儿的人也不愉快。"

男爵的话一点不客气。

"不得已啊！包括那些太差劲的地方，才是大夫。"

学士殿下的感想，简单地给了已经被击倒在地的我最后一击。

"好啦！喝酒！"男爵拿起吟酿，我赶紧拿起杯子。

"说起来，大夫，听到些无礼的流言，说您也许要搬家。您不会把我们这些人扔在这社会的垃圾堆里不顾，只是自己跑到阳光普照的人世间吧？"

"千万别误解。我本来就走在阳光灿烂的康庄大道上。虽然住在这个寒碜、环境恶劣的御岳庄，可同时在外面接受着光辉的神的祝福。不过，那些传言没错。"

作了五年医生，最近，不断收到信浓大学医学部附属医院来的邀请：把那个本庄医院辞了，来大学干吧！

"大学附属医院？"

"然也，大学附属医院。"

"所谓医疗部那样的地方？"

"然也，医疗部那样的地方。"

似乎有必要说明一下有关医疗部的制度，这是医生这个行业里的特有的制度。

通常，在医学部六年毕业[①]后，要想成为医生，大多走两条路：一是归属于大学附属医院的医疗部，另一条路是不从属于医疗部而任职于某个医院。人数比例大体上是四比一。也就是说八成的人要走医疗部的路。几年前开始实施新的实习医生制度，最初两年的实习期间去一般医院的人有所增加，但到了第三年，其中大部分人还是要回归到医疗部去。也就是说像我这样，不从属于医疗部，自己找到就职的医院并且在那里连续工作下去的，只是不足两成的圈外人。

"要是去医疗部，有啥好处呢？就这样跟我们一同尝尽社会底层滋味的生活有什么不好吗？"

男爵的话全都不是本意，我没理睬他。

"医生有医生的规矩，只要说是没进过医疗部的医生，有时别人就会觉得是可疑的家伙。"

"可疑？有什么可疑的？在我这样贵族阶层的人来看，医疗部什么的组织机构更加可疑。"

---

① 日本大学的医科专业学制一般为六年。——译者注

这种时候，可不要对所谓"贵族阶层"妄加评论，一说起来，男爵只会兴奋起来。

沉默着喝干了杯中的酒，男爵沉默着斟上。

"只要说大学毕业后没进过医疗部，就可能被认为是不是过去曾出过什么问题，或是缺乏协调能力什么的，被贴上这样厉害的标签，会引起各种各样的麻烦。"

"可是，听说世上有取消医疗部制度的动向啊，实际上不是那样吗？"

到底还是学士殿下，目光就是不一样，能抓住要点。

"很困难。医疗部制度不会简单消失。几乎所有的中小医院都是靠着医疗部才能勉强生存下来。本庄医院坚持走自己的路，可以说是例外中的例外。就是这家医院，也不是所有的科完全脱离开大学医疗部的。"

我喝干杯中的酒，男爵立即又给斟上一杯。

不知怎么，大家兴致高涨起来。

"每家医院都自己雇佣医生风险很大，雇佣的医生突然不干了，或是生病倒下了怎么办，医院的业务大概会一下子停下来。正是为了避免出现这样的情况，才出现了拥有大量医生的医疗部这个机构，向各家医院派遣医生。要是有个什么事，也可以立即调配替代的医生。"

本庄医院实际上五年前也曾出现过大的问题。

唯一的妇产科医生突然因病退职。因不属于医疗部的关系医院，当然不可能有派来替代的医生。只得发出招聘广告，可妇产科大夫不是那么简单能招到，结果从那天起只能让妇产科关门。还有住院的患者，光是联系转院什么的，就闹腾了两三个月。

"不成为医疗部的关系医院，随时都有这样的风险啊。"

"是这样的。大阪东京那样的大城市情况如何不太清楚。像我们信州这样的乡下城镇，医生数量极为有限。如果没有医疗部制度，乡下的小医院转眼就会崩溃。"

"这么说，医疗部制度不是很优秀的制度吗？"

男爵像是怎么也理解不了。

"为什么那么优秀的制度名声那么不好呢？"

空杯里又被倒上了"白马锦"。

"人事权对医疗部来说是祖传的宝刀。地方医院的院长先生们都担心医疗部不派遣来好医生，千方百计去求着担任医疗部头头的教授，也成了私下交易的温床。"

仰头又是一杯，男爵又给斟满。

"那么，从医生角度看，医疗部只考虑自己合适，随便一句话不就会被发配到山沟里的医院去了吗？"

"大夫您是不是讨厌那样才不进医疗部的呢？"

"我讨厌人多的地方，喜欢这个城市。符合这个条件的唯有本庄医院。没有任何考虑将来的动机。"

我把实际上消极的实情，用得意的口吻说了出来。

每个人都有适应的和不适应的。确实，我选择本庄医院就职的时候，算不上多的朋友中的大多数担心我的将来，并没有得到他们多少照顾的几乎所有的教师，也都大声叫喊着不要浪费人生，可见当时把不进入医疗部当作是一条多么古怪的道路。

可是，好像有这个说法，这个世上的每个人都有自己的职责，即便被称为古怪的人，也只能按这个古怪的活法活下去。

这样的状况，已经过了五年了。

因慢性医护人员不足而苦恼的大学医疗部，看到了虽说年轻，但当医生不久就要进入第六个年头的我这样的人，开始劝我进入医疗部。前不久，担任医疗部长的老先生亲自打来了电话。

"栗原君差不多也该来大学医院工作了吧，怎么样？"然后又说，"有很多东西只有在大学里才可以学到，这可是好机会啊！"

真麻烦！别管我不就得了。

学士殿下开口说："大夫，我不大懂医疗部制度，不过，大夫在这五年里和很多患者建立了重要的联系。把这些统统抛弃进入那个白色巨塔里，有那么大的价值吗？"

笑呵呵地又触及到了核心问题。

我不知说什么好，只得盯着端起来的酒杯。可再盯着它，杯子也不会做出回答，只好作罢叹了口气。

"不清楚。医生中有人愿追求被称作高度医疗的东西，有人则愿作世间的平民百姓，我属于后者。我觉得现在这样在医院里忙于给众多患者看病是医生的本分。对他们这样的人，高度医疗什么的，究竟有多大的必要性，我不能妄下结论。"

这是真心话。

想当个"好大夫"。可是，怎样才算是个"好大夫"？始终是盘桓在我脑海中的最大难题。

我突然察觉到有点不对头，用有些蒙眬的目光看着酒友。

"怎么只是说我的事啊？学士殿下大概也不会到什么时候都住在这样的废旧房屋里吧？只要学业上有了成就，早晚也会在哪个大学里谋到位置展翅高飞吧。"

"是这么打算的，只是打算。"

"男爵也是。一旦把头脑中构思的杰作实际画出来，马上就是富翁。肯定会从这里搬出去在什么地方构筑漂亮的画室。"

"当然。不过那可能还需要很长时间……"

一下子沉默了下来。

云里雾里难以判断，人生仿佛就是在迷雾中摸索着四处流浪。

不知怎么心情沉重了起来。男爵突然陷入了沉思，也顾不上给喝空了的酒杯里斟酒。烟斗中冒出了一缕青烟，在空中画出圆圈。

看到这种情形，学士殿下小声自语。

"发挥才智，则锋芒毕露；凭借感情，则流于世俗。"

是夏目漱石《草枕》的开篇名句。

"坚持己见，则孤独无友。总之，人世难居。"

我读出了下一句。苦笑了一下。

真是"人世难居"啊!

缩着肩膀的男爵端起塔木岭（Tamnavulin）十二年的威士忌酒瓶。

"那么，为难以居住的人世。"

我拿起酒杯，学士殿下举起葡萄酒杯。

"为难以居住的人世——干杯!"

日光灯灯光的映射下，三种酒，摇晃着荡起微小的波纹。

早晨六点。

几乎是昏睡状态的我，被砂山次郎的一通电话吵醒。醒来的地方是"野菊之屋"。

看起来，像是喝完酒就势在学士殿下的房间里倒下睡着了。

学士殿下在房间一角铺好被褥端端正正地睡着。以为男爵回自己房间了，可一走出"野菊之屋"，却看到他像死人一般睡在走廊正中间。不小心踩到他头上，也没有任何反应。不是真的死过去了吧？令人有些不安。

我顾不上返回"樱之屋"，拖着摇摇晃晃的身体去了医院。

来到外科的北四病房。这是一栋对于作为内科医生的我来说平常不大来的建筑。

这好像是一种普遍的现象。医院随着规模的扩大，不断地任意增建扩建。本庄医院也是同样，在近一百年的历史中，不停地增扩建，结果结构各异的建筑物林立，把医院内部做成了迷宫一般。我自己都感慨，这么迷迷糊糊的脑袋还真能找到这里。

发热40度。

到凌晨三点还只是发热，三点半护士巡视时出现腹痛，血压降到90左右，开始打点滴。四点意识逐渐模糊，现在对呼叫的反应微弱。

一边在早晨六点还有些昏暗的走廊里快步走着，砂山次郎一边飞快地说着。

我呢，在"野菊之屋"喝到深夜，刚睡了两个多小时就被叫了起来。大脑神经中枢还处于蒙眬不清的状态。病房笔直的走廊看起来都像是弯弯曲曲的，屋顶上昏暗的日光灯也觉得格外晃眼。

"患者本来有胆结石，原来预定明天做胆囊切除手术的……你不要紧吗？一止。"走在前面的次郎回头说道。

好像是因为我的脸色相当差。当然会这样！前天值夜班熬个通宵，昨天要是充分睡上一觉还好，可偏又喝了那么多酒而睡眠不足。算来，三天里总共才睡了三个小时。

"别瞎操心，次郎。先说患者的事吧。"

我莫名其妙地大声回答道。声音嘶哑得有些不对头。

"肝功能恶化，出现黄疸，炎症反应也有所上升。"

次郎一边打开存有电子病历的电脑一边说道，随即调出了血液化验结果。

"总胆红素 4、GOT280、GPT225、γ GTP522、白细胞 18000。"

看上去全部都是很危险的数值。两天之前显示的还全都是正常值。

"绞窄性肠梗阻？"

"是的。"次郎答道。他打开观片灯的开关，显示出 CT 胶片。

"怀疑是结石从胆总管脱离造成绞窄急性胆管炎，可在 CT 上看不到清晰的结石。"

"不，还是结石。"

八十五张胶片中只有一张显示出胆总管下方有直径仅一毫米左右的石灰化影像。到底也是在大狸先生手下修炼过消化器官疾病的人，要是把这个看漏过去，大狸先生肯定会气得把我杀了不可。

这是单纯 CT 乳头括约肌附近的照片。肯定是微小结石引起的绞窄。可看到血小板降低。大概是急性胆管炎引起 AOSC。

AOSC 是指急性阻塞化脓性胆管炎。在肝胆疾病中，是几小时内急性发作就可能导致死亡的非常严重的病情。不管怎样，必须除掉阻塞的结石，导出感染的胆汁。

"费了两个小时……"

我嘟囔了一句。次郎不解地看着我。

"从血压下降到通知我，费了两个小时。不是吗？"

我狠狠地瞪着巨汉朋友。

"是不是顾忌下夜班的我故意拖延了联系，让我能睡到早晨？"

"想让你睡到早晨没错，可并不是照顾你。我想得过于简单了，以为靠点滴还可以改善。"

我一直盯着朋友的眼睛。这个男人有时表示出格外的体贴，反而惹出麻烦。至少对于消化内科专业的人，就因为受到一点点照顾，导致胆管炎的患者死亡的话，那可是天大的耻辱。

次郎的眼睛眨也不眨。如果是变为 AOSC 之前的胆管炎，使用抗生素可以使其稳定下来，确实是这样。所以他作为外科大夫做出的判断大概没有错误。只是这次运气不大好。

"要做紧急内镜治疗。"

次郎一听连连点头。一看表，七点二十分。

"ERCP（经内镜逆行性胆胰管造影）的准备要一个小时。请做好准备，八点二十分开始。其间注意血压，拜托！"

"已经开始准备了。为防备万一，PTCD（经皮肝穿刺胆道引流术）的准备也做好了。不过，一止，今天是星期天。"

次郎一说，我不由看了一眼挂历。

整天是这样的生活，完全没有了星期几的概念。确实今天是星期日，也就是说大夫和护士的人数都非常少。

"现在主人不便接电话，如果有事请留言……"

我确认电话转为留言电话后，说明了情况，挂上电话。

从窗子看到清晨的天空，是没有一丝云彩的晴朗天气。这么好的天，大狸先生肯定会去打高尔夫球的。连电话都不接，说明他没准已经下到场地里。

我拿着院内手机，打到南三病房。刚响两声，就传来熟悉的声音。

"这里是南三病房，我是东西直美。"

"啊，我是栗原。"

"……干什么？"

一下子声调低了下去。仿佛接到我的电话非常不吉利似的。实际上确实是不幸的事情。

"对不起，想托你件难办的事。"

不管怎样，简短地说明了情况。

也就是说，为了做 ERCP，希望能借个护士过来帮忙。

"外科现在还有其他紧急的手术，病房护士实在忙不过来。平常应该请急诊处帮忙，可那边也是马上有两辆救护车要到，借不出人来。因为是紧急的 ERCP，只靠内镜室的人员人手不够。"

休息日的时候，平均每栋病房有三个护士照看。如果借出一个，当然会增加其他护士的负担，甚至会增加管理上的风险。

"……你知道吗？"

"我知道困难。可是不能等到明天，也没有其他可以拜托的病房。"

"要付出代价的啊！"

"下次请你吃好吃的烤肉。"

"然后是法国菜和杂样煎饼。"

"一次吃得了那么多吗？"

"当然不是一次吃了，分几次请啊！"

"知道了。谢啦！"

挂上电话，我站了起来。

次郎的行动变得不安稳起来。

紧急内镜手术顺利完成已经过了三十分钟了，还在内镜室里转悠，一点没有去病房的意思，在转移到移动病床上的患者旁边走来走去。

理所当然。

眼前就是水无阳子在麻利地操作着。收拾内镜、填写病历、整理处置病床。虽然才工作一年，可干起活儿来非常麻利。

次郎的目光追随着她，一会儿伸手帮忙又手忙脚乱帮不到点子上，一会儿又独自笑着、烦恼着。在旁边看一会还觉得有趣，可慢慢地就觉得有些丢脸。

"派阳子小姐来是不是故意的呢？"

听到我的话，电话里直美主任用不高兴的口气答道："说什么呢！是你说的要能干的护士嘛。我不能离开病房，只能让她去了。有什么问题吗？"

"不，绝对没问题，她很能干！"

"那么，快点让她回病房吧，这边也都忙着呢。"

咔嚓挂上了电话。

看样子，确实不是请一次烤肉什么的就能过关的事情。

不久，阳子推着载有患者的移动病床出了内视镜室。当然次郎也跟她一起走了出去。

时间是上午九点。

因为是周日，没有必须马上处理的工作。幸好住院患者那边也比较稳定，可以先睡一小觉然后再去查房。

正这么想着，冷不防眼前现出一个身影。

"啊，阿栗，ERCP顺利吗？"

微微笑着的，正是大狸先生。

"做的是胆管炎的ENBD（鼻胆管引流）吗？乳头括约肌切开呢？"

大狸先生查看了ERCP照片和数据，嘴角在笑着，可眼神里没有笑意。只要说到内镜，先生是令人可怕的存在。一不小心不知是拳头还是脚就会飞到电脑上。首先，本应去打高尔夫的老先生怎么会在这儿？可没有胆量去问。

"没有做切开。"

"为什么？如果不切开放入导管的话，引起胰腺炎的风险要高很多啊。"

"患者已经是八十二岁高龄，从CT上看胰腺有萎缩倾向。因此判断，为了回避AOSC，仅做几天的导管引发胰腺炎的风险不高。"

"噢……"

"再加上根据DIC（弥散性血管内凝血），可以看到患者凝固能力降低和血小板减少，切开带来出血的风险可能更大。"

"是吗。有结石吗？造影的照片上没有……"

一边依次看着 X 胶片，大狸说道。

"可以看到怀疑是微小结石的阴影，但不好判断。因为怀疑有感染，造影又控制在最低限的缘故。预定从败血症恢复过来的时候再次进行检查。"

终于，大狸先生眼角也浮现出笑意。

"好！合格。"

总算松了一口气。

"干得不错，阿栗。判断也正确，处置也恰当。平常虽被人看作古怪的人，可干活的时候还是真能干啊！"

"先生请不要被那么毫无根据的流言所迷惑。别说这个了，先生今天不是高尔夫吗？"

"傻瓜！做着这么令人愉快的事，岂能去打什么高尔夫呢。"

"愉快的事？"

"对那些濒临死亡的人，努力救人一命，比起在草坪旁的沙坑里直接击球入洞更能让人兴奋，是最愉快的时候啊。"

令人恐惧的微笑，像是把对我的"无畏"和"无礼"，用达到极限的忍耐调和到一起的产物。这样的笑容，不是身经百战的医生绝对做不出来。这个人把救助患者当作是超越一切的乐趣。

天生的医生，大概就是指这样的人。

"可以，阿栗，今天是不是就到这儿吧，回家歇歇吧！"

"可是，还有现在这个患者的术后管理和查房的事……"

"看你那张没点血色的脸，要是去查房，患者的状态会更加恶化。四十多个病房患者，我偶尔去对付一下就行了。术后管理我拜托砂山去做。他好像对年轻的护士很着迷，而作为外科大夫技术还不错。不用担心。快点回去睡觉吧！"

说的都有道理。这种时候最好不要坚持，就按人家说的做。况且脑袋里像是积攒了三天的疲劳和昨晚残留下的日本酒，正在手挽手地跳着令人不快的舞。

主要是状态不好。

我低头致谢转身要走的时候，又被大狸先生叫住。

"噢，对了。直美说要你请吃烤肉呢。中午睡一觉，今晚就带她去吧。也算是工作，为了病房运转得更加顺利嘛。这可是上司的命令啊！"

看上去他像是有一搭没一搭的，可多么琐碎的事情尽在掌握之中，这才是大狸的本色。

有一种叫作"飞露喜"的名酒。

并非如今流行的那些什么清淡爽口的弱性酒，而是福岛县会津产的地方名酒，芬芳醇厚的酒香中带有甘甜，与浓厚的回味构成绝妙的平衡，真是能让人细细品味的天下名酒。由于上市量少，难得弄到一瓶，可是在位于绳手街稍进去一点巷子里的居酒屋"九兵卫"里可以喝到。

我稳坐在柜台的一角，悠闲地品味着这种名酒。

到底是极品！

"真是好酒！"我嘟囔道。浑身肌肉的老板在柜台里面微微一笑。只是如此。正因为只是如此才能使人精神放松。

坐在身旁的黑大汉正大口喝着叫作"吴春"的吟酿。一想到池田的名酒被这样一个粗野没有品味的莽汉喝到肚子里，心中就有些不快，可从我嘴里说出来又有些不合情理。

店里的挂钟显示出已经是夜里十一时。

早上回到家里，一口气睡到下午四点。睁开眼的时候，又恢复了单纯肯干好青年的本来面目。

然后按照上司的命令，给直美打电话，说了吃烤肉的事。她说有时间，不过想带阳子小姐一起去。本来想请一个人这下要掏两个人的钱了，我犹豫了片刻，马上想到一个好主意，于是立刻答应了她的请求。我挂断电话后立即跟次郎取得联系。

"次郎，去吃烤肉吧！"

"我干吗要跟你去吃烤肉呢？"

"不想去吗？"

"不是不想去。病房里的工作还没有做完，正忙着呢。"

"据说阳子小姐也来。"

"啊！正好活儿刚干完，什么时间在什么地方？"

真是个简单的男人!

不只是烤肉钱只掏一半的事，想到要是他念我的好，没准我们三人的钱都给出了，我清醒的头脑顿感得意。

想法还是太天真!

原想两位女士能吃多少啊！平时两个人的量还不就足够了。原来一开始就搞错了。

"世上只有两种女人，能吃的女人和不能吃的女人。"

留下这句名言的是谁呢?

不管是谁说的，这天在高级烤肉店里我才彻底知道了直美和阳子都属于前者。

姑娘们吃上等牛肉的模样令人吃惊。不论是肋间肉、里脊，还是盐烤牛舌、牛肝、牛肉汤，一个接一个送入口中，简直是个无底洞。原来就知道直美是属于能吃的，可没想到连那个娇小的阳子小姐也是，一边微笑着，一边不停地把里脊肉送入口中，脸上没有丝毫变化。简直像是某种恐怖电影中的场景。要是顾忌结账时万一钱包不够用而不再点肉的话，会不会轮到自己被吃掉呢? 想到这里，只得催促着店员不断地把肉端来。

结账虽说是和次郎两人分担，可我还是付了三人份的钱。

那之后，把两个小无底洞完好地送进出租车，我们才来到走路只要一分钟距离的居酒屋"九兵卫"。

"有些事我怎么也搞不明白。"

次郎忽然嘀咕道。带些酒意微红的眼睛一直盯着"吴春"的商标。

"什么？"

"为什么呢？"

这下次郎一个劲儿地盯着我了。再也没有别的什么事情比被一个黑大汉盯着看更让人不舒服了。

"……到底想说什么？"

"为什么阳子小姐就那么可爱呢？"

有这样一种情况：平常健康的老人，一住院立即变得情绪不稳定，叫喊着含义不清的言语，被称为"谵妄"，是一种易在高龄老人中看到的情况，一般出院后情况即有好转。

"可是，这么年轻的年龄，而且没有什么起因，发生'谵妄'的病例非常少见啊……"

"谁得了'谵妄'了呢？"

"啊，抱歉，听见了呀？"

醉意上来以后，脑子里想的事情会不由得说了出来。不小心可不行！

"阳子小姐可爱吧，相当可爱吧？"

"可爱不可爱，是主观上的价值观问题，强加给别人可不好！"

"什么？难道你会说她不可爱？"

"非常可爱。"

"瞧，是吧，总算说了吧。我去告诉阿榛，说你夸别的女性可爱。"

"阿榛是世界上最可爱的人。就是把一百个面带笑容的阳子小姐凑到一起，午睡中的阿榛还是比她们加起来更可爱一百倍。"

"说什么呢，你小子。太出格了吧。"

"倒是你想干什么？"

幸亏这个时间"九兵卫"里没别的客人。

没有人注意到柜台一角上，黑怪物和好青年争吵的事情。如果有别的客人在，肯定会毫不客气地把一升的大瓶砸到这个傻瓜头上，然后把他扔出去。就是受点伤也无伤大雅，外科医生嘛，大概自己会缝上。

悄悄地给老板递了个眼神，他苦笑着往大啤酒杯中注上水端了过来。接过水咕嘟咕嘟喝干净的样子也像是怪兽。万一命运女神看走眼了，让那个招人喜爱的姑娘和这个怪物走在一起，大概十人中有九人会立即召唤警察，剩下的那个也一定会吓得跑掉。

"哦，对了，一止。听说大学叫你去呢？"

就是醉了一百年也会醒来，这么让人受刺激的话题。

"怎么了？突然说这个。"

"从大学的前辈那里听到的。说本庄医院叫栗原的大夫明年也许进消化内科。"

说起来，次郎还是信浓大学外科医疗部的成员。可是，为什么连内科的事情也知道呢？次郎像是从我脸上看出疑问接着说："大学就是这么一个地方，明年谁来、明年谁走这样的事，会详详细细地流传。"

"不是丁点儿大的事吗？"

"丁点儿大的事能成为流言才是大学医院呢。"

"更不想去了。本来我就是不喜欢扎堆凑热闹的人。去那样的地方还不如在本庄医院里哪怕干到散了架，心里舒畅啊！"

"是啊，从当学生的时候起你就是这样……"

次郎一下子把目光投向远处。

"不管什么时候，总是一个人四处逛荡，聚会不参加，搞什么活动时也不帮忙，只是手里拿本漱石的《乡下剧团》什么的老式的书。"

"是那样吗？你说的书是不是《草枕》呀？"

"是吧？是的。就是手里拿了本那个《草枕》，什么时候都是一个人游荡。第一次见到的时候就觉得是个怪家伙，可没想到是个不进医疗部，就在这样的地方一直干下去的医生。"

到底想说什么根本搞不清楚。首先,《草枕》怎么被扭曲成《乡下剧团》了呢？这个傻瓜！心里再想说点他什么坏话也想不出来,我也醉得差不多了。

可是！次郎声音突然高了起来。

"你应该去大学医院！"

一下子趴到我脸跟前,从正面盯着我。

马上有要吐的感觉,是看到这张脸的缘故,还是酒喝多了的缘故,连这个也判断不清了。

"你小子是优秀的医生。五年里又积累了丰富的经验。技术也好,患者的评价也不错。重要的是基础好,有点什么马上就能派上用场,这不是嘴上说的那么简单。就说今天的ERCP,也让我吃了一惊。工作第五年就能那么准确地使用侧视镜可不是寻常的事情。"

"再夸我这里的酒钱也是要各付各的！"

"从学生时代你就因为是怪人而出名。不论是上课还是聚会,手里拿着本《乡下剧团》,飘然而来又飘然而去,是整个学年的奇人。现在依然是个怪人,不过是技术一流的怪人。"

"次郎,账都由你来结了！"

"可是,只是这样是不行的。高度医疗只能在大学里学到。你也应该学好那些,努力再上一层楼。结识更多的学者,提高技术,增长知识,是你的话,应该能做到！"

"没兴趣。"

"瞎说！"

我吓了一跳。

"不是没兴趣。是你不愿意抛下眼前的患者离去。"

次郎喝醉的时候，偶尔会言中真正核心的问题，令人恐惧。可是他说过的话到了第二天就会忘掉，而且返回冷静状态的时候尽说些不着边际的话。

"可是，看看将来，一止。沉浸在这些感伤中会白白浪费了你的宝贵人生。站高一点儿看！"

"你是说，民间医院一般内科医生的地位要低于大学医院的专科医生吗？"

"别说那些带刺儿的话。从某个角度来说这就是真理。"

我就干我的内科大夫挺好！

到底还是不好意思说出来，因为明白这男人是为了我好才说的。

发表着热情演讲的次郎的眼里，不知什么时候闪现出薄薄的泪光。巨汉的哭相在近在咫尺的距离看到，想吐的感觉变得更加严重了。

"我是从北海道来到这个长野的。这个城市不错，真想一直在这个城市里做医生。可是同期毕业的都去了大城市。你想，那时的一百人当中，有几个现在还留在这个城市里呢？不觉得悲哀吗？正是因为悲哀，不是想过，你在内科，我在外科……两人紧密合作，追求完美的医疗吗……有你和我的话……"

含糊不清地说着说着，次郎一下子扑到柜台上，发出熟睡时均匀的呼吸声。真是个不管不顾的男人。

我用手捂着嘴，慢慢地举起右手。

"老板，借厕所用用。"

要吐的感觉，大概还是因为喝多了的缘故。

300号病房患胰脏癌的田川先生去世，是在那以后过了一周的时候。

那是疼痛、恶心和呕吐、失眠等病况一天天加剧，体质迅速恶化的结果。我在最后三天里也住进医院，帮助调整用药。增加吗啡用量，并用止吐的栓剂和善宁，虽然知道危险，不得已也用了镇静剂。可是，还是难以控制疼痛，直到去世前十小时，田川先生一直因腹痛呻吟着。

即便这样，也有短暂的疼痛完全消失的时候。那个时候，他用明亮的眼睛看着我："大夫也很辛苦啊！陪着我们这些上了岁数又是这个状况的人。"

微笑着的老人的面孔，透着开朗和温和。

可是，这只是一个生命的空壳，像是在嘲笑着医生、医疗和最新药物的效果，所有的一切。

阳子小姐频繁地到病房里来，交换冰袋、擦拭身体、测量血压、确认药量等等。虽然只是一周的时间，但是她也瘦了许多。

阳子小姐一来，田川先生像是心里踏实多了，用温和的目光注视着她的动作，可不久又陷入睡眠之中，总是这样的反复。

"有没有什么办法减少疼痛呢？"

阳子小姐用有些严厉的目光看着我，是在田川去世的前两天。

田川先生每天大部分的时间都疼得呻吟，阳子小姐实在看不下去才来到我这里说的。我记不清是怎样回答的。大概只是些作为医生说的毫无价值的道理，已经相当疲惫的我，实在没有精力去顾及她心里的矛盾。她冷冷地瞥了我一眼，转身离去。真不礼貌！对我请她们吃烤肉的事连声感谢的话都没说。

对于临近死期的患者应该注意吗啡有抑制呼吸的副作用。随着吗啡用量的增加呼吸会减弱，所以，开出吗啡处方的人，必须找到既可止住疼痛又不会抑制呼吸的剂量。可是在田川先生这里却是另一种情况。尽管随着吗啡用量增加，多次出现睡眠时无呼吸的状态，醒着的时候却不能止住疼痛。

不是没有尝试过其他可能使用的药物，但没有得到令人满意的结果。

去世是在九月底的一个星期日的深夜。

最后的十个小时，他一直安静地沉睡着，不知什么时候平稳地停止了呼吸。安详的面容让人感觉，仿佛并没有发生过我在两周时间里拼命尝试调整剂量的事情。

他那时而出现的温和的笑貌，至今还鲜明地印在我的脑海中。

很多亲属赶了过来，大家因看到终于结束了与疾病抗争的老人而纷纷落泪的时候，一个像是孙子的少年，始终盯着我，用一种毅然的神情和像要射穿我一般的目光。

"你是不是什么也没有为他做呢？"

觉得自己听到少年发出这样的声音，大概是因为极度疲劳的缘故。虽然清楚知道这只是我的臆想，可是，确实存在着毫无道理的悲哀和不知对谁的愤慨。

人的死亡就是那样。

它往往在即将忘却的时候悄然而至，打击着我的信心、摧残着我的意志，把我拉入感伤这样一种没有任何积极意义的忧虑之中。

我不喜欢悲伤！又一次疼痛的感觉。

从医院里出来，刺骨的寒风使人感到寒冬即将来临。

和平常一样穿过深志神社的时候，心里反复出现的，还是那个少年笔直的目光，和它重合到一起的，是阳子小姐责备般的目光。

阳子小姐在那之后，好像被直美发了一通脾气，对我什么也没有说。直美不会无故胡乱说什么的，而且，该做的事情我都做了，没有必要感到惭愧，也没必要自责。

可是……

阳子小姐也好，那个少年也好，那是真实的感情。本来应该救死扶伤的医生，什么也没有做到。摆出一副尊贵的面孔四处转悠，却连止痛也做不到……

无为、无策、无能、无力、无效、无用……

我脑子里无形、蒙眬的思虑像是一边发出声响一边旋转着，旋涡的中心一个大大的"无"字特别醒目。

看来今晚又要在自我厌恶中度过了。

过度劳累和压力过大，外加老婆不在家，还有大学医疗部的事情，比平常任何时候都要感到疲倦。

从昏暗的神社院内回头看了一眼医院。黑色的巨人法师屈身伏地，马上就要站立起来的样子。

如果，那不是要站立起来，而是屈膝投降呢？不知怎么脑子里掠过这样无聊的念头。

踏上御岳庄昏暗的楼梯，打开"樱之屋"房门的一瞬间，一个黑发少女猛地扑了过来。

我吃了一惊慌忙抱住，她把头埋到我有些脏的衬衫上，用力抱紧我。然后只把头抬起来，高声说。

"欢迎回家！"

看到我还在发愣，她怪怪地笑着，又说了一句。

"我回来啦！阿一。"

是我老婆榛名。

乍看上去，老婆是个纤细的普通女孩子。实际上却是抱着几台照相机飞奔在世界各地，留下不少优秀作品的山岳摄影师。

因她身材不高，加上娃娃脸，真看不出她是那样一个伟人。现在看上去，也是身穿一条质朴的黑色连衣裙的少女模样。至少不会相信她是刚刚登上欧洲阿尔卑斯山最高峰回来的。况且就是这个身体，登山时还背着好几架相机等器械。

要说人不可貌相，她就是典型的例子。

"工作辛苦了！"

她微笑着发出清脆的声音。

不知怎么，觉得昏暗房间里的荧光灯一下子变得明亮了，走廊里寒冷的空气好像也温暖了几度，像是要证明人类的感觉器官是多么不可靠。

房间里的小饭桌上，摆着两个咖啡杯，冒着热气。一周里乱七八糟的房间也变得井井有条，恢复了"极乐屋"的面目。

我按捺住心里猛地涌现出来的安心感，保持着威严庄重的姿态询问道："旅行怎么样呢？叫什么来着，奶油冻？果子挞？"

"是说勃朗峰的事吗？"

"对，勃朗峰。"

老婆高兴地笑着。笑了一阵之后，和平常一样，一件件地述说着旅行中发生的不可思议的事情。

海拔四千米以上的高山、浮现在云海中的太阳、超越想象的大雪溪，还有背着十公斤器材跨越断崖的故事。

充满活力的声音令人心情舒畅地在胸中回响。

我坐在椅子上，闭上眼睛，倾听着她的声音，享受着无上幸福的时光。

突然，老婆的声音停了下来。

"……是谁去世了吗？"

我吃了一惊，睁开眼睛。

就在我的眼前，老婆黑黑的眼睛在注视着我。

"你不说我也知道。是不是患者去世了？"

"……阿榛会读心术啊！"

我做出一副沮丧的面孔，可还是做得不像。

"真让人伤心啊！"

"……肯定是伤心事。不过别担心，这也是工作。和阿榛登山一样，既有高兴的时候，也有痛苦的时候。"

只能说些陈腐的老调。这是极度疲劳的证据。

"可是，听到阿榛的声音好多了，别担心。"

又是夸大其词的老调。要是说这些，还不如什么都不说，从头背诵《草枕》，更富有诗情画意。

纯朴的老婆露出有些吃惊的神情，随后面带羞红地微笑着，像是思考什么似的歪着脖子，最后霍地站了起来。

"现在，去深志神社吧！"

真是突然的提议，时间是深夜两点。

"现在？太晚了，而且冷。"

"现在就去。还没有跟道真公报告我回来了的事呢。"

老婆已经在连衣裙上套上了件紫色的开襟毛衣。

"不能做一个不懂礼貌的人，阿一不是总这样说嘛。"

"那倒是……"

"顺便许个愿，求他减轻一些阿一背上的担子。"

老婆的决断就是快。她皱起眉头瞪了一眼还慢吞吞地坐在椅子上的我。"走吧！"她催促道。

走到外面，风确实很冷。

只有细细的新月发出的青光，像是马上也要消失在黑夜之中。路灯少的地方，看不清道路和水沟。

"喂，阿榛，太黑了，不要紧吗？"

迈着有力的步伐走在前面的老婆转过身来，举手指着天空。

"看，多好啊！"

抬头看看她指着的天空，我不由倒吸了一口气。

满天繁星的夜空。

无数明亮的星星布满夜空，甚至分不清哪个是北斗七星，哪个是仙后座。无风无云的秋季夜空里，群星几乎不再闪烁，只是像是竞争一般发出清晰灿然的光，仿佛要盖住黑夜里的一切。

幸亏这个小城市里，能够削弱星空的霓虹灯和广告牌很少，一到深夜，哪儿都可以看到在大城市里绝对看不到的美丽星空。学生时代经常一边仰头看着星空一边聚会喝酒，可这几年只顾忙于工作忘得一干二净。

眼睛适应了以后，看到明亮的星星之间又显露出一个个小星星，看着看着，仿佛自己也被吸入到那光的漩涡里一样。我停下脚步，屏住呼吸，观赏着这绝妙的光之舞蹈。

"从勃朗峰山顶可以看到更多的星星。甚至觉得自己也要变成一颗星星飞过去。"

听到老婆的声音。

温柔、清澈、甜美的声音。

"可是——"

跑回来的老婆，猛地扑到我的怀里。

"我最喜欢的还是和阿一从这里看这个城市的星空。哪怕一年一次也行，腾出时间像这样散步多好！"

老婆拼命地激励着我。

胸中积蓄下来的淤泥般的疙瘩，悄悄地消失得一干二净。

"怎么能这样失礼呢！"

我斥责着自己。

我怎么能只顾自己烦恼，想起来，对从长途旅行中好不容易回到家的老婆，没说一句慰劳的话。只是一个人沉浸在忧郁感伤，陶醉于固执之中呢，真是个太自以为是的人。

老婆又吧嗒吧嗒地跑了起来。有光泽的黑发在星光照耀下闪闪发亮，只是看到那个光泽，心里就感到无比的温暖。无论多么忙，绝不能忽略这一时刻的宝贵。

我踌躇了一瞬，决意大声喊了起来。

"欢迎回家！阿榛。"

转过身来的老婆，露出吃了一惊的神情，马上就露出了幸福的微笑。

黑暗的小路上，只有这里，像是被春日阳光照耀着一般明亮。

第二章　启程之樱

"木曾路全都在山中"，写出这个诗句的是生长在木曾路的岛崎藤村①。

　　历史上的中山道②被更名为十九号国道的现在，从落合宿到贽川宿的八十公里依然是弯弯曲曲、上下起伏、隧洞和桥梁接连不断。这一带既没有高速公路也没有岔路，一旦进了这条山间狭路，或进或退，只有这两个选择。

　　在藤村先生那个时代，无疑是全都在山中的险路。

　　结束在木曾医院的值班后，在返回松本的车上，突然想起了这些。

---

① 1872—1943 年，日本的诗人、小说家。——译者注
② 十七至十九世纪作为连接江户和京都修建的主要交通要道，全长五百四十公里，沿途建有数十处驿站，其中穿越信浓国木曾的路段又被称为木曾路。——译者注

季节已经到了十一月中旬。

转瞬即逝的秋季已经过去，不久将迎来严冬这个不大受欢迎的旅客横行于信州山野的季节。木曾的山野已经被针叶林坚硬的针叶覆盖，做好了迎接严冬的准备。我到现在仍穿着从春天就开始穿的满是皱褶的旧衬衫，觉得木曾的冷风格外寒冷。一边品味着经历过几十次的季节变化，一边莫名其妙地感慨着：不管什么时候，自然界也像人类一样，为准备过冬花费了不少工夫。

途中，在木曾十一宿之一的奈良井宿停下了车。时间还不到早晨七点，这个因驿站形成的小镇里看不到人影。一踏入这寂静的街道，立刻产生了一种仿佛来到江户时代的中山道一般不可思议的错觉。褪色的檐灯、木格的拉门、仿佛连接在一起的瓦屋檐和它们背后看到的镇守的树林。这些都在晨雾中曚昽显现，仿佛水墨画一般令人遐想。在木曾大桥上停住脚，刺骨的寒风渗透到体内，呼出的空气都变成了白色。

在木曾医院的值班到早晨六点结束，从那里回到松本要用接近两个小时的时间。只要在九点本庄医院的门诊开始之前返回就行，所以还有一点富裕。

像这样还有点富裕时间却着急慌忙要赶回去真是愚蠢透顶，还是利用这点时间，在晨雾笼罩着的木曾路旁慢慢品上一口罐装咖啡更为惬意。

刚在没有人烟的驿站屋檐下坐下来喘口气的时候，令人不快的手机铃声猛地响了起来。我唉声叹气地取出手机按了一下接通键，熟悉的声音飞进耳朵。

"我是本庄医院的东西直美，是栗原大夫吗？"

"对不起！您拨打的电话号码是空号……"

"别说什么傻话了，安昙女士便血了！"

像是正在熟睡中瞬间被人拍醒般的冲击。

"安昙女士，住在302室的那位？"

"是的。因胆囊癌住院的302室的那位个子不高、礼貌温和的安昙女士。"

与往常不同，直美好像有些慌张。无论是天上下刀子，还是我因阵发性房颤倒下都肯定不会慌张的直美，今天却意外的有些慌张。

"状况呢？"

"血压95/40，脉搏108，意识目前还清醒。五分钟前护士发现大量出血。"

血压偏低还算好办，脉搏加快可是个不好的信号。

"取血液计算和生化学数据，做输血的准备，另外与砂山大夫联系。在我赶到前的一小时里，听他的指示。"

"砂山大夫？现在还是早晨七点呀！"

"那家伙总是六点就到医院了。"

不管怎样，赶紧一口喝干罐装咖啡，随手丢进垃圾箱内。

"我五十分钟内赶回去，告诉那家伙。"

"知道了。"

正要挂断电话，又听到直美的声音。

"慢点开车！我们这边想办法，别着急再出事故！"

这才是直美的优秀之处。

"很会体贴人啊，不过以前也说过，我可是有妻室的人。"

电话一下子就被挂断了。

胆囊癌和便血。

平常很难认为是有什么关联的症状，可是我脑子里闪现出不祥的预感。

出了奈良井宿，只用四十分钟就赶到了医院。稍微有些超速，那是因为有紧急情况，没办法。我直接跑向南三病房，看到砂山次郎那黑色的巨体笔直地站在观片灯前。

"次郎！"听到我招呼的声音，他黑色的脸上动了一下。

观片灯上排列着的是腹部的CT照片。总是显露出过分活跃的次郎，现在却是一副严肃的神情盯着胶片。正想说他脸色不好，但又觉得他实在太黑了，看不清楚。

"刚刚做完CT，患者因为开始输血暂且稳定下来了，添加了止血剂，现在出血已经停止了。"

可是，次郎指着 CT。

"这个可不妙。"

肝脏正下方显现出白色的巨大肿瘤块，和两个月前的 CT 相比大了两圈。而且巨大的肿瘤还在向下方发展，侵犯着横结肠壁。

"到底还是……"

胆囊癌的横结肠浸润……

癌直接侵犯了大肠，引起出血。

"与以前的 CT 做了对比，简直不像是同一个患者的 CT，肿瘤增大的速度惊人，估计坚持不了一个月了。"

正像次郎说的。

胆囊癌本来就是生长较快的肿瘤。由于症状不明显，经常发现时已经晚了。是一旦进入病发期，生存时间非常短的一种疾病。尽管这样说，这次的胆囊癌也太快了，癌从胆囊扩散开来，逐个侵犯周围的内脏器官，简直像是在肚子里养了一头猛兽。

"次郎，不管怎样，帮了我一个大忙，谢谢了！"

"没什么，都是相互的。可是，这个怎么办呢？"

"我再想想。"

"想能想出治疗的办法吗？"

"不是考虑治疗的办法。"

我盯着照片上的病巢，继续说道。

"是考虑怎么跟本人说。"

我是个医生。

医生的工作不只是治疗。

朝 302 室走的路上，我想起安昙女士第二次来我这里接受诊疗那天的事情。

那天，安昙女士坐在那里，脸上流露出很不好意思的神情。

在门诊的诊室里，我手里拿着大学医院的回信，想不出一句好话来，只是沉默着看着手里。

就在前一个月，体检时偶然发现胆囊癌。病变本来并不是很大，可是位置很不好，是在肝门部这个很难手术的部位。

即便这样，还是希望有可能进行手术，给大学医院写了转院的介绍信，那是一周前的事情。然后，那天，返回到我这里来的安昙女士，沉默着把大学医院的回信递给我。

"据说还是不能手术。"

安昙女士微笑着，像是不好意思般地说道。本来不高的身材看上去像是又矮了一截。

回信上写着"判断为不能手术，已向本人说明了情况"这样简单的文字。

说明了情况，怎样说明的呢？

"给大夫添了很多麻烦，实在不好意思！"

安昙女士深深地低下了头，然后抬起头来。

"说是还有半年的时间。没有治疗的办法，想干点什么就干点什么吧！"

话的最后稍微有些颤动，我能听出来。

安昙女士今年七十二岁，丈夫早已去世，没有孩子和亲戚，一个人生活。对只是孤身一人的患者，说"想干点什么就干点什么吧"，能这样说话吗？

不知是哪儿来的混蛋医生。

正是进行这样重要的谈话时，需要多费些时间努力构筑信赖关系。对初诊的外来患者，一下子就说"再有半年就要死了，趁现在做些想做的事吧"，这究竟……

我按捺不住胸中涌出的愤慨，恨不得将手中的回信撕个稀烂。听到安昙女士小声问道："大夫，我不能再回到这里吗？"

我还没来得及回答。

安昙女士又说："还能为我看病吗？大夫。"

说话同时，眼泪吧嗒吧嗒地掉了下来。

被告知是癌症的时候，出现疼痛的时候，都没有流露出丝毫悲痛平稳的安昙女士现在哭泣着。

我抓起被泪水浸湿的安昙女士的手，什么也没有说，深深地点了点头。

说不出鼓励也好安慰也好那些过于陈腐的语言。即使拿出我掌握的所有词汇，也没有能和此时的眼泪吻合的语言。

过了一会儿，终于说出口的，却是这样不着边际的台词。

"下次门诊定在什么时候呢？"

即便这样，安昙女士还是抬起头来笑了。

下午，下起了雨。

本来户外空气就冷得彻骨，气温像是一下子又降低了很多。窗子上凝聚了水滴，白茫茫地看不到外面。

"大夫，总是添麻烦，实在对不起！"

病床上，安昙女士和平常一样，有些不好意思地笑着。

脸色很不好，和身边悬挂的输血袋中的红色成了鲜明的对照。脸颊上消瘦了很多，手腕也变得更细了。癌症正在一步步地侵蚀着安昙女士的躯体。

"大夫，现在出血止住了，我不要紧的。"

仿佛颠倒了医生和患者的关系，她笑着让我放心。我坐到床边的小椅子上。

突然，安昙女士嘿嘿地低声笑了起来。

然后朝着不知怎么回事的我说："没什么，只是觉得大夫的脸色也不好，跟我差不多。"

我不由苦笑了一下。是啊，昨晚在木曾医院值班，一分钟也没有睡。脸也没洗，胡子也没刮，大概是非常难看的样子吧。

"肿瘤已经很大了吗？"

她突然问了一句。

我用稍有些困惑的眼睛，看了一下安昙女士沉稳的目光。像风平浪静的海面一样平稳，至少不是陷入绝望或是恐慌那样的目光。

显露出温柔目光的安昙女士接着说："我不要紧。不过，想清楚地知道自己还剩下多少时间。"

我点点头，慢慢地说了一下大概的情况。

胆囊癌增大的速度超过了预想，而且侵袭到了大肠肠壁，所以引起出血，现在没有有效的对策，只能观察症状的变化……

只有一件事情没讲：可能坚持不了一个月了。

安昙女士默默地听到最后，只是轻轻地点了点头。

"没关系，就这样吧，大夫……"

像是说给自己听，一边看着远处一边呢喃着。

"能让我到死为止都在这里吗？"

我深深地点着头，没有说话。

安昙女士像是有些放心了地微笑着。

"大夫真是个体贴的人……"

我只是沉默着看着她。其他还能做什么呢？一句有点意思的话也说不出来，充其量也就是沉默着坐在旁边点着头而已。

过了一会儿，安昙女士像是累了，开始发出睡着了的呼吸声。

小个子的、孤独一人的老奶奶，显得比平常更小了。

怎么搞的！

半夜的病房楼中，我挠着脑袋。

田川先生去世了，安昙女士的病情正在恶化。这种时候不知怎么回事，偏偏其他患者的状况也不好，上了年纪的人不是发烧就是哪里不舒服。这样的事被叫作"拉手"，说是去世的人为避免寂寞在招呼伙伴。可是，至少田川先生一直想见的夫人早就在那个世界了，不会特意跑回到这个世上来招呼不认识的人去。正在想着这些无聊的事情时，眼前突然出现了一杯咖啡。

"啊！总是让你费心，对不起，多亏了直美……"

抬头一看吃了一惊，站在旁边的是水无阳子。栗色的短发齐整整地剪到肩头，和她相配恰到好处。总是摇动着这栗色的头发在病房间跑来跑去，脸上挂着明朗的笑容的她，今天却是奇怪的无精打采的表情，好像要说什么事情，不时看着我。

"怎么啦？"

"上次，对不起了！"

一下子深深地低下头去。

我搞不清楚是怎么回事。

暂且先喝上一口咖啡，味道还远比不上直美冲的。

"做了什么对不起我的事吗？"

"田川先生的事。我冲着大夫说了好多大话……后来听直美主任说了，最后的三天里，大夫连家也没回，一直在拼命寻找止痛的办法。我只是在自己上班的时间里才工作，然后就回家悠闲地休息，还说了那些无礼的话，到现在也……"

"那是当然的啊。"

我反倒有些沮丧回答道。

"要是连护士也要彻夜加班工作，就没有人愿意在这样的地方干了。就是我，也希望今后能增加医生的数量，两班倒着干。可不要觉得我愿意住在医院里。有功夫为这点儿事影响情绪，不如多表扬一下自己。"

本来是想说：你干得很好了！可日语的表达就是难啊，不知道传达过去没有，水无阳子露出莫名其妙的表情。不得已只好补充道："只要阳子小姐在，田川先生心里就很安稳，还可以放松地睡着。那是我做不到的。所以说，你非常了不起。"

听到我努力说明，一时摸不着头脑的水无阳子，露出了笑容。

有不好的预感。

"我有点明白直美主任说的是什么意思了。"

还是不要太明白的好！

"说大夫您虽然嘴不好但有修养，虽然说话方式怪，总用些难懂的词汇，经常搞不清您要说什么，可对患者的事情从来都是认真的。"

"从你刚说的看，好像贬低比表扬的话更多些……"

"直美主任就是轻易不会表扬别人的人。我一次也没有过被她表扬过。"

直美在我面前，可一个劲儿地夸水无阳子啊！好啦，我没理由对这姑娘太留心。

"总被别人说是怪人，怪就怪吧，这就是我。我什么时候都是认真的。"

"我知道。不，现在知道了。"

水无阳子微笑着。本来为她有些误解我而非常不安，现在她理解了也挺好的。

"阳子小姐，今后也请多关照！"我点了一下头，用爽朗的声音说道。她性格明朗是件好事，冲咖啡的水平再提高一点就更好了。

突然想起件事，我叫住了正要离去的她。

"不好意思，阳子小姐。你怎么看砂山次郎那家伙？"

"砂、砂山大夫吗？"

转过身来的阳子脸颊上泛起了红晕。

脸红？

为什么呢？

"是、是个好医生，我觉得，非常。"

眼看着红到了耳根。

阳子小姐再没说什么，吧嗒吧嗒地跑开了。

想起那个黑怪物的样子，应该因恐怖而脸色发青啊，那样还可以理解，怎么也不明白会有女人为什么会脸色发红？算了，不理解的事情这世上多了，别再深究这些了。看看表已经是夜里十二点了，安昙女士的状况也安稳下来了，今晚就回家吧！

深夜的回家路上，我拖着沉重的脚步，在松本城停留了一下。不知什么时候雨已经停了，月亮从云层间露了脸来。

穿过松本城的外侧护城河，走过黑门前，沿着可以看到天守阁的内侧护城河慢慢走着。在内侧护城河拐弯的一带是最适合观赏城楼壮观景象的地点。左边连着干小天守、右边接着月见橹威风凛凛的城楼，看上去像是沉稳地扎根于大地上。

刚好在这个地点，看到有位可爱的女性把相机安放在三脚架上正在按动着快门。

不用说，正是我老婆。

用测光表测算亮度，确定光圈值，对好焦距，确认快门速度，然后平静地按下快门。不时地变换一下角度，移动一下三脚架，不管哪个动作都是那样流畅漂亮，不拖泥带水。只是这个时候，才能真正感觉到老婆是一个正经八百的摄影师。跟整天在乡下医院里忙忙碌碌的我不同，她可是奔走于世界各地的名摄影师。

我踩着沙砾走上前去，她发现了我，挥起手来。

"你回来啦! 阿一。"

"我回来啦。我想这么说，可这里也不是我们的家啊! 阿榛。"

老婆笑了笑。

"等我一下好吗，马上就照完了。"

"不用那么急! "

说起来，这么晚，她一人来这里拍照令人担心，可她是扛着十公斤器材登过四千多米高山的人啊，担心肯定是多余的。

她收起了尼康的单反相机，又用莱卡的 M6 照了几张，看来今天的工作算是结束了，灵巧地把和自己差不多高的三脚架折叠了起来。

终于收拾好了踏上了回家的路。

"拍到好照片了吗? "

"凑合吧，总是没有那么好的月亮。"

"月亮还有好有坏吗? "

"有啊! 天空那边，有好的月亮和坏的月亮，究竟是哪个出来，在看到以前谁也不知道。"

老婆高兴地说道。

"今天是哪个月亮呢？"

"不大好的。"

我无意中抬头望去，浮现在天空中的就是平常的下弦月，没有看到什么不好的东西。

"对了！阿一。"

老婆突然拍了一下手。

"学士先生是要搬家了吗？"

"学士殿下？怎么？"

"今早，他在院子里烧书呢，好多书啊。学士这个人从来都是很珍惜书的，所以我问他怎么啦，他说没准要走……"

我没听说过啊？

就在前几天，说起我搬不搬出去的事时还一个劲儿地挽留我呢，怎么一下子自己要搬出去呢？让人不解……

心里有种不祥的预感。

像是察觉出了那种预感，老婆的目光中露出不安的神情。

"能和大家一直住下去吗？"

"怎么了，突然问起这个？"

"因为，御岳庄这个地方，是稍有些怪的人们聚集的地方，附近的居民的评价也不太好……也许学士先生的感觉不大好，会离开这里……"

老婆的忧虑也并非没有道理。

对御岳庄的评价相当微妙。总之，进出的人都不是寻常百姓。外面的人看起来，肯定是认为一群怪人聚集到了一起，包括我和老婆在内。

"别担心！阿榛。"

我尽力说得干脆些。

"不管世上的人瞎唠叨什么，我们只知道一件确定的事。"

感到老婆的视线笔直地盯着我的脸，我抬头看着月亮肯定地说："那就是，住在那儿的人们都是一样，在努力地活下去，当然，包括我们俩。"

御岳庄真是不可思议的空间。

像是怎么也不能适应这个社会的人们，在徘徊之中发现的能够避难的寺庙一样。不过，跟寺庙最大的不同是到这里的人绝不是对这个世界失去希望而出家的人。他们会再次扬帆出海，重返这个社会。他们并非害怕海难而蜗居在孤岛上的人，而是为了在难以生存的人世中寻找到自己存在的位置屡次出发的人。把这些不大灵活的人们称为怪人，只是没有感受过生存有多么艰难的凡庸之辈的胡言乱语。

这个看法，可以说是住在御岳庄的人们共同的骄傲。

不管是谁，都是些自尊心很强的陌路人。

"男爵也好，学士殿下也好，大概都会走上自己的路。那是值得庆贺的。御岳庄一直守护着很多这样的人。我们不也是吗，要不是在那儿，我们连相识的机会都没有。"

心里忽地涌出令人怀念的回忆。与此同时，老婆也露出了温柔的笑容。

"已经三年了！"

"是啊。我到现在还清楚地记得第一次见到阿榛那天的事。"

我仰着头来眯起眼睛望着月亮。

"那天的雨下得好大啊！"

忽然觉得仿佛下个不停的雨声由远至近传了过来。

三年前的一个夏天。我当医生就要到一年半了，身体开始习惯实习医生过着的严酷生活。

那天，难得比较早从医院回到家的我，赶紧跑到"野菊之屋"，从傍晚就开始了和男爵、学士殿下的对酌。上午就下起来的小雨，到了下午变成了松本平原上轻易见不到的大雨。

窗外响着猛烈的雨声，屋内充满了我们的欢声笑语。大家喝得正起劲的时候，突然听到大门口传来女人的声音。

"大概是因为男爵和学士殿下已经相当醉了的缘故，非说那是错觉。"

我说着扫了一眼旁边，老婆用温柔的目光看着我。

"不知为什么，我觉得不是那样，傻乎乎地激烈辩论了半天，最后决定三人一起到大门口看看。"

出了"野菊之屋"，穿过昏暗的走廊，到了大门口的我们，一下子都愣住了，站在那里不知怎么办才好。

"我的样子真有那么吓人……"

老婆微微笑了一下，然后像是有些不好意思垂下了眼帘。

我们三人看到的，是背着跟自己身高差不多大小的巨大登山包、全身淋得像落汤鸡一般透湿、站在门口的一个少女。

"当时着实吃了一惊，简直就像我第一次值夜班，就遇到了吐血的患者一般。"

"我也吓坏了，真不知怎么办才好。就靠着从站前房产商那拿到的一张地图，冒着那么大的雨好不容易才找到御岳庄，可出来的几个人看起来都有些不正常……"

"三人都醉得差不多了嘛。"

"男爵先生面对着墙在说着什么，学士先生看到我，一个劲儿地摆着手说：'不能来这个地方，不能来这个地方！'"

我苦笑着，是有些不正常！

后来听房东讲，早在前几天，就在厨房的告示板上贴上了"近期有新住户搬来"的通知。当然，我们都不是闲得去确认那些琐事的人。

因为突然来的稀客而不知所措的我们，只是显示出各自难看的醉态。

"当时，真的想返回去找别的住处。"

"那是正确的判断。我要是阿榛，估计就毫不犹豫折回雨中了。"

"可是……"

老婆忽地抬起头来看着我。

"阿一看到湿透了的我，马上跑到不知什么地方去，回来时拿了一块大毛巾给我。我当时好高兴。"

说着，老婆明快地笑了起来。

只要能看到这个笑脸，就是一百块、两百块毛巾，也会排除万难去拿来的。我心里笑着，外表上做出一副为难的样子。耳边又传来老婆明朗的声音。

"当时阿一表情认真地说的话我现在还记得。"

"嗯？说什么了。"

老婆微微点了下头，学着我的嗓音低声说。

"不要紧的，没有不停的雨。"

"胡言乱语吧。"

"没那样的事！"

我叹了口气，老婆一下子拉住我的手，接着说道："可不是嘛。我被雨淋得透湿，不知怎么办才好，你拼命地给我鼓劲儿，当时感触好深，让我好感动。"

那是我和后来成为我老婆的她的第一次见面。

她告诉我，她叫片岛榛名，职业是摄影师，为了拍北阿尔卑斯山的照片，从东京而来，要从那天开始住两个月。她住的房间是二层的"松之屋"，在我住的"樱之屋"的隔壁。

我一周里有一半时间住在医院，她又经常去北阿尔卑斯山的山庄不回来住，按理说，我们两人没有多少见面的机会。可命运之神还是创造了一些绝妙的机会把我们牵到一起。我动员起自己仅有的一点勇气约她一起吃饭，还经常和男爵、学士殿下四人一起举行盛大的酒会。设法从如同战场一般的职场争取来一天假期，陪她去了上高地也是这个时候的事情。

眼看着两个月的时间就要到了，在楼道遇到她，我若无其事地问道："马上就要走了吗？"

语气虽然平缓，可心里却在流泪。两个月里积累的美好回忆转眼就要消逝。真想现在就把这个可爱的女孩绑架，关在"樱之屋"里不让她走。脑子里连这种卑劣的念头都有了。

可是，她的回答却出乎我的意料。

她稍微歪了下头，沉默了片刻，像是在思考着什么，然后平静地说："在这里再住一段时间也好吧？"

大概沉默了足有五秒钟。

我茫然地看着她那美丽的眼睛，不久，心里响起了高昂的凯歌，我醉心地任凭它在心里荡漾，只是声音平稳地问道："不返回东京不要紧吗？"

"摄影的工作在这里也可以做。不如说在这儿没准更好。而且……"

"什么？"

"我也没有可回的地方。"

那时只是一瞬间露出的寂寞的目光，我至今鲜明地记得。

她从小就失去了可依赖的亲人，孤独一人被寄养在东京的远亲家里。可在那个家里怎么也找不到自己的位置。从东京的美术大学毕业后，作为摄影师已经工作了两年。在御岳庄的生活，给她带来从家里出来独立生活的绝好机会。

从那时起，我和她到结婚为止相处了两年，结婚后一年，我们共同度过了三年的时光。

那个时候，我还不过是个尚未独立工作的实习医生，现在成了差不多可以指导实习医生的内科大夫，作为山岳摄影师的老婆活跃的场所也正在扩大到世界各国。

变化真大！

我猛地返回到了现实，眯起了眼睛。

道路的前方，看到了从来没有什么变化的御岳庄的灯光。

在修整得非常到位的房屋排列成的住宅街的一角，巨大的古梅树下，坐落着的陈旧陋屋，有种不合情调的威严。

"本来这里就不是扎根长住的场所，不过是临时住宿的地方。没准什么时候我们也要考虑搬出去。"

我把视线从御岳庄那古老的招牌上返回到老婆身上说道。

"阿榛想搬家吗？"

听我一说，她慌忙左右摇动着头。

"我，只要能住下去还想住在这里。我喜欢跟大家在一起。"

对于她没有丝毫迟疑的回答，我也大大地点了点头。只要两人都没有不同意见，没有必要着急搬家。现在还是迷茫的人生。要是在浓雾中慌忙开出船去，没准出了港就会触礁。

我忽然想起来接着说："学士殿下的事，我去确认一下。"

他要是从御岳庄搬出去，必定是获得成功的时候。要是那样可要举杯庆贺一下。我们不会那样不通人情，硬去挽留曾经同舟共济的朋友。

只是不能允许他不吭一声就走。在我们给他饯行之前，就是把桅杆推倒也不能让他把船开出去。

虽然感到有一丝寂寞，我还是尽力保持开朗的语气。

"虽然不知道他究竟找到了什么样的光明前程，要把我们撂在一边，自己一个人跑去享受荣华富贵还是看不过去的。下次我见到学士殿下，要严厉地质问一下他。"

听到我的话，老婆只是报以爽朗的笑声。

然而，过了几天我才领悟到，当时说这些俏皮话的自己有多么愚蠢。

第二天从早上就在门诊。

像往常一样，候诊室里就像通勤高峰时的电车站台那样，来来往往的人挤成一团。这样一个平民住宅区里的野战医院，附近的不大好处理的众多患者都会跑到这里来。

我不大擅长门诊，是有理由的。

因为来这个医院消化内科的近半数的患者都和酒精有关。今天也是，这里那里有点恶癖的家伙们排成了队。

比如说：

病例1，六十五岁，男性。

"大村大叔，您的肝功能已经相当恶化了。现在每次喝多少酒呀？"

我有些恶狠狠地怒视着他，大叔露出有些不好意思的表情。

"已经减了不少了，大夫。现在大概一天两合^①左右。"

"两合也有些多了。还不只这些吧？即使能骗了我，血液检查可不那么容易骗啊！"

"嗯，偶尔也会喝到三合吧……"

"偶尔喝三合？根据场合，喝四合的时候也有，对吧？"

"啊……不留神就喝到四合的事也不是没有……不过，那不是经常的，大夫。"

"不过，要是孙子过生日什么的，一高兴还不喝五合？"

"哦，那是要喝五合！"

病例 2，八十二岁，男性。

"旭老爷子，还喝着呢？"

确认了血液检查结果又恶化了以后，我严厉地瞪着这位老人家。可是，他却露出不理解的面孔。

"戒酒了啊！大夫。从那以后，一滴也没喝过！"

"一滴没喝？"

"一滴没喝！"

---

① 日本的容积单位，一合约零点一八升。——译者注

096

老人家用非常坚定的口气回答道，看了看老伴。

"是吧，老婆子。我完全把酒戒掉了，是吧？"

"是啊。从那以后，把烧酒瓶全都送给别人了。平常只是喝大麦茶和啤酒。"笑呵呵的、一副放心样子的老奶奶说道。

我怀疑自己听错了，再次确认。

"您刚才说什么？"

"烧酒瓶全都给别人……"

"下面那句。"

"平常喝的只是大麦茶和啤酒。"

病例3，二十八岁，女性。

"桐小姐，再不彻底把酒戒掉，肝脏也罢胰腺也罢可都要烂掉了！"

"没关系！"

桐小姐一下子高声说道。进入诊疗室的时候就已经是醉了的状态。走路摇摇晃晃的，坐到椅子上怄气般的脸也是晃来晃去的。

妙龄女性要是微醉的姿态还是富有魅力的，可她从一开始就是烂醉如泥。似乎是夫妇间出现了什么大的问题，想借酒去忘掉那些，可那里是绝对不能涉足的！后面还有三十多个患者等着诊疗。

"不是没关系！我说这些是为你着想的啊。"

"什么？说得挺像回事似的，我可不需要那种廉价的同情。"

"认真点！我要是同情的话，不是同情醉成烂泥的你，而是那些被胡乱喝掉的酒。"

"说什么啊？我重要还是酒重要啊？"

"好了，说什么你也不明白。总之赶紧把酒戒掉，这样下去的话，连性命都成问题了。"

"没关系！死就死吧。我要是死了，那男人才会知道离不开我。"

看来，主治医生需要从内科变成精神科了。

"啊，要是就这样能飞到天上去该多好啊……"

桐小姐边嘟囔着，又猛地用右手在头顶上划起了圆圈。护士吓了一跳，躲到了墙边。

"喂！桐小姐，你干什么……"

"这是飞行器呀①。"

"啊？"

"我的右手就是飞行器呀！"

病例 4，五十四岁，男性。

"大夫，酒还是戒不掉啊！"

---

① 日本动画片《哆啦 A 梦》中机器猫的飞行工具，类似竹蜻蜓。——译者注

长着一副有些吓人面孔的横田大叔回答了这么一句。眼睛有些发黄，黄疸的症状已经显露。

"可是，横田大叔，要是不戒掉可是会要命的！现在戒掉的话，肝脏还有可能恢复到原来的状况。"

"……大夫，您喝酒吗？"

唐突的提问。

"那个，偶尔喝一点……"

要是说实话，也不少喝。

"那么，如果叫大夫把酒给戒了，能戒掉吗？"

"……当然。"

遭到突然袭击，回答有些滞后，我还是悠闲地点了点头。

横田大叔用他的黄眼珠子看了看屋顶，停顿了片刻。

"大夫，这世上有两类医生。"

据说原来是黑社会成员的横田，慢悠悠地低沉说话的样子有种打动人的力量。

"就是讨厌酒的医生和喜欢酒的医生。"

突然把视线转向我。

"讨厌酒的医生是不会这样回答的！"

横田慢慢地站起身来，朝门口走去，出门之前回过头来看着我，又丢下了一句。

"大夫也多保重身体！"

到底是怎么回事啊！

这些家伙，来医院究竟要干什么啊？

累了的时候，甚至会产生这样傻乎乎的想法：是不是这些酒精依赖者成群结伙跑到医院来批驳我呢？

当然不是所有的人都这样，可的确有这样的恶人。

医疗部里响起狂笑声，我皱起眉头。

砂山次郎听到我在门诊的悲惨遭遇后狂笑不已。

"有意思！一个个像是在演搞笑节目。还真是物以类聚啊。"

"次郎，住口、闭上眼，从那个窗口给我跳下去！就算全世界都感到悲哀，我也会从心底感到高兴。"

我愁眉苦脸地怒视着他，这个黑怪物什么时候也改不了。

"赶快去大学附属医院吧。那儿没有这样的患者，还可以干点更有意义的工作。"

"你这个糊涂蛋，是在说这里的工作没有意义吗？"

"别跟我讲道理。我是担心你啊，你应该到大学去。"

我不理睬他。

要是不理睬他，这男人没准会反省一下自己的言行？绝没有那种可能。这家伙跟平常一样美滋滋地享用着"砂山牌特制咖啡"，而且还好心地给我冲了一杯放在桌子上。可今天不是刚值完夜班。只要不是刚下夜班或是判断力还正常的时候，我是不会喝这可怕的液体的。我只是瞥了一眼，根本没有动那个杯子。

次郎忽然变成认真的面孔。

"安昙女士的情况怎么样了呢？从那以后。"

"要说怎么样，也做不了什么，你也知道。暂且把出血止住了，本人也很稳定。"

"是吗？她可是个好老太太啊！上次我跑去的时候，她一个劲儿地说给我添了麻烦，对不起！自己眼看要不行了，却还那样担心着别人，真了不起。有人说好人早死，真是那样啊！"

次郎叹了口气。这男人本质上还是挺体谅人的。我看了一眼沉浸于伤感中的黑大汉，忽然又想戏弄他。

"要按你的说法，你肯定能相当长寿啊！可实际上并非如此。还是当个好点的人早点死，从阴阳两世双重意义上讲更为有利！"

"很坦率啊。我要是真死了，你就是想见我也见不到了呀。你肯定会寂寞的……喂！一止。"

我根本没理会次郎的大声叫喊，走出了医疗部。

戏弄傻瓜，只会落下个徒劳的下场。

前面讲过，安昙女士没有亲属，可并不是没有人来探望。

就在前几天，直美讲，每逢周五中午肯定会出现一个不可思议的老绅士。

老绅士身穿没有一丝皱褶的灰色夹克衫，系着藏青色的领带，还戴着有些旧的礼帽。从病房电梯里出来的时候，木质手杖会发出独特的嗒嗒声，给人留下深刻印象。

老绅士必定会在护士值班室前摘下帽子鞠躬致意，然后走向302病房。

在病房里总是用彬彬有礼的口气和安昙女士说话，也不多问什么事，过一个小时再原路返回。看上去不像是家属或是亲戚。可是，有时他会带来不足的衣物，又把要洗的衣服带回去，像是丈夫做的事情。安昙女士也是平静地任凭他做，护士中好像有人认为他们肯定是夫妇。

因为总是在周五中午我最忙的时候来，我从没看见过，可这一天却不是那样。

"上次说的那位老绅士来了。"

直美告诉我，是在周四晚上。据说他想问问病情，从中午过后就一直在等我。我吃了一惊，赶紧让她招呼老先生过来。

"突然打扰，实在对不起！"

老绅士一进入护士值班室就深深地低头致意。

我心中忽然掠过一个念头，安昙女士的端正礼仪，是不是会传染给周围的人呢？

"请原谅我突然提出要听听病情的要求。"

老人摘下帽子，放下手杖，慢慢地坐到椅子上。态度高雅、目光温和，俨然一个典型的绅士。

老人平静地说了起来。

"一直犹豫是不是应该问问，我不是安昙女士的亲属，没有血缘关系。可是前几天听说她甚至做了输血，有些坐立不安，才特意来问问情况。"

一般情况下，患者个人的信息根据需要可以告知亲属，可是跟其他人说在法律上是被禁止的，是叫作个人信息保护法那样的东西。如果患者本人拒绝，有时连亲属都不能说。

所以老人的说法是对的，不是亲属的话不能随便打听。

不过，法律是为了保护患者的工具，要是为了遵守法律孤立患者就失去了意义。第一线的医生应该有做出判断、酌情处理的权限。

老人对于安昙女士如同亲属。这是我的判断。

"病情相当严重。"

对于我的话，老人一句一句地仔细品味着，不停地点着头。

癌症迅速扩散，已经侵袭到肠道引起出血，没有有效的治疗方法，今后如果再有大出血病情突变直接导致死亡的可能性很高，最后是预计出不了一个月时间。

"一个月？"

老绅士吃惊地睁大了眼睛。

老人沉默了片刻，目光停留在空中。过了一会儿，终于呢喃着说："是吗……就那么点……"

"恕我冒昧，您跟安昙女士是什么关系呢？护士中甚至有人说像是夫妇一样。"

听了我的话，老绅士大吃一惊。

"夫妇？哪里哪里，根本不是那样。"

老人有着白胡子的嘴角浮现出惶恐的微笑。

"过去，安昙女士的丈夫救过我。救过我的命，不，也许比命更重要。已经是五十年前的事了，快要记不清了……"

老人像是让思绪返回到那遥远的过去，稍微眯起了双眼。

"从那以后，相处了相当久。她丈夫去世的时候给我留下句话，就是照顾好清子。"

"我只是在忠实地遵守着诺言。"老人低声嘀咕着，慢慢地站了起来。

"谢谢你告诉了我重要的事情。要是不知道这些我肯定要后悔的。从明天开始我每天都来探望。"

又一次深深低下了头。戴上礼帽，拿起拐杖，离开了护士值班室。

的确，老人拐杖的声音，不可思议般一直在耳边回响。

嗒嗒嗒，仿佛从走廊深处不断传来这个声音。

"重大新闻，大夫。"

一回到家，男爵就跑到"樱之屋"来，说了这句话。

老婆正在和往常一样灵巧地研磨着咖啡豆，准备那最高品位的咖啡。

"啊，阿榛，好香啊，能跟你一同生活在这个世上真是幸福！"

"谢谢！男爵先生。请再稍等三分钟。"

满面笑容的男爵，是个对烟斗、咖啡和威士忌无比喜爱的男人。

"大夫真是幸福啊！"

男爵鼻子里哼着歌般地说道。

"和榛名小姐结婚刚过一年吧。"

"是啊。要是再提我忘记结婚纪念日的事，可就没咖啡喝了呀！"

"不、不会。"

他慌忙摆着手说道。

"看到你们，感觉像是一起生活过多年的夫妇那样默契。好羡慕啊！我想我怎么就碰不上阿榛一样的天使降临呢？"

"男爵先生没有喜欢的恋人吗？"

听了老婆的话，男爵大吃一惊地睁圆了双眼。

"像我这样游手好闲的人哪有那样的人啊。说起恋人，只有威士忌和画布。"

"那不很寂寞吗？"

被这样清淡地一说，男爵马上失去了精神。

我朝着有些莫名其妙神情的老婆苦笑了一下，把水端给男爵。

"对了，有什么重大新闻呀，男爵。"

"不是重大新闻，而是奇闻。"

对于一些怎么都行的小事非常讲究的才是贵族呢，再这样扯下去很难返回正题，所以我沉默着点了点头。

"看见一个女人。"

我露出不高兴的表情。

"要是说什么幽灵之类的就打住，我最讨厌酒精中毒者和幽灵。"

"不是幽灵，是真的女人，而且漂亮得令人吃惊，大夫。"

不是我感兴趣的话题。

漂亮的女人这世上多的是，令人吃惊的美女，要找到处都可以找到，世界很大。

"在哪儿看见的呢？"

"野菊之屋。"

哦，这可真有意思！

据男爵讲，是昨天傍晚的事。

非常稀罕地听到从学士殿下的"野菊之屋"传来说话的声音，而且还混有女人的声音，耐人寻味。他装作若无其事地在楼道里走来走去。过了一会，拉门一下子打开了，走出来的是一位一头乌黑亮丽的披肩长发、白皙透明的肌肤、修长的身材、回眸一笑更是使世上所有男人都会为之心动的魅力女性。

男爵陶醉地述说着，使用了大量过去的形容词，就是想说明是一位令人难以置信的美女。

"然后呢？"

"就这些。"

美女走了以后，"野菊之屋"里寂静无声。好像那位女性后来也没有返回。按男爵的主观描写，只是"静得令人难以忍受"。

"是不是学士先生有了女友了呢？"

老婆像是很高兴。

"如果是学士先生一见钟情的人，肯定是非常出色的人吧。"

"同意后半句。可是前半句怎么样呢。那个只知道学问的学士殿下怎么会和女人……"

"喂！男爵先生，从女性眼光看，学士先生也是理性、潇洒、充满魅力的呀！大学里一定有不少女性喜欢他。"

老婆满脸天真烂漫的笑容。男爵不大赞同，可也不能反驳。男爵抵挡不了我老婆的笑脸。

"有疑问的话，男爵直接去问本人不是更好吗。要不现在就去？"

"那个啊……"

男爵歪了一下脑袋。

"从那以后我都去了几次了，全部没有回应。也许是我没注意的时候他出去了。真想尽快地知道实情啊。"

"要是不在的话，只能等他回来了。如果是到早晨才回来的话，那本身就是实情了。"

对我嘟囔的话，老婆微笑着"啊"了一声，脸上泛起了红晕。

男爵耸了一下肩膀。

"你们俩啊，已经到处散发出与这个社会底层的御岳庄不相称的幸福气氛了，要是学士殿下也被幸福的光环所包围，我在这里还能好好待下去吗，祈祷他至少今晚还是回来吧。"

男爵夸张地划着十字嘟囔着祈祷的语言，然后把老婆冲的咖啡端到嘴边。

"啊！美味。我怎么就没有一个能够冲这么好喝的咖啡的女神降临呢！"他嘴里不停地嘟囔着。真是个贫嘴又轻佻的"贵族"。

可是，那天晚上，却发生了我们都没有预想到的事情。

对我而言，是痛恨的事情之一。

深夜里，突然听见大声叫喊的声音。

揉着还没有来得及睁开的眼睛爬起来的时候，听到"大夫、大夫！"的喊声。接着，传来砰、砰的敲击拉门的声音，整个房间都发出咯吱咯吱的声响。

"男爵，再那么敲，拉门会掉下来的！"

话音未落，哗啦一声，两扇拉门从门框上脱落，干脆地倒向屋内。

这下玩笑可开大了。

不知什么时候已经起来的老婆拉开了灯，只见男爵也摔倒在拉门上面。

"大夫，不得了了！快点来！"

平日里沉着冷静的男爵，这时却脸色发青，大声叫喊着。

"学士殿下……"

我的身体里仿佛被雷劈中一般。

冲进"野菊之屋"，我不由愣住了。

房间中央的桌子旁边，倒着筋疲力尽的学士殿下。本来就白净的皮肤没有一丝血色。还有一些呼吸，但相当微弱。

赶紧跑过去扶起学士殿下。没有明显的外伤和出血，但体温很低。

"男爵，怎么回事？"

"夜里听到这里有声音，以为是学士殿下回来了，可敲门又没有回应。怎么也觉得不对头，就进来看了看，却是这个样子。"

男爵的声音有些颤抖。

我摸了一下脉搏。血压大约 80 左右，脉搏 40 多，但还规则。

奇怪！

尽管血压相当低，脉搏却没有上去，而且体温也低。

粗略地看了一下屋内，我把目光停留在桌上，有好多个小纸袋。老婆注意到我的视线，马上走上前去把纸袋里的东西倒了出来。

我不由咂了一下嘴。

大量的药片。

"阿榛，快叫救护车！"

"是！"

老婆马上飞奔了出去。

"男爵，马上把毯子什么的都拿过来。不能再让体温下降。然后，去把楼道到大门的灯全打开，把大门也打开，急救人员好进来。"

男爵也马上跑了出去。

确认了学士殿下还在缓慢地呼吸，我把他轻轻放倒，看了一下那药。

看到的有五六十片。一半是似乎见过的药，其他的不知是什么。再看了一遍屋内，从垃圾箱和抽屉里又找到三个空的药口袋。我马上把认识的药名称和数量记了下来。记下来的药中像是没有能致死的药物。

正在这时，听到急救车警笛声由远至近，接着听到急救队员的声音。从开始联系还没有经过三分钟。日本急救队的勤奋令人感叹。

"在这边！"我叫着招呼他们。

"这不是栗原大夫嘛！"走在前面的队员喊了起来。

是松本地区广域急救队的后藤队长。在急救队中是数一数二的老队员了，年龄四十六岁也是最大的，是位沉着冷静、处理准确又迅速的人物。在本庄医院的急诊处里也是经常见面的熟人，说话容易沟通。

"后藤先生，可能是急性药物中毒。呼吸还有，可是血压很低。"

我在介绍症状的时候，两个急救队员麻利地测量了血压，将学士殿下抬上担架，一人开始做记录。

"详细情况还不清楚，先送到本庄医院吧。"

"知道了。大夫呢？"

"我当然一起去。不管怎样有您在我就放心了。"

听了我的话，后藤队长苦笑着说："那应该是我们说的话呀，大夫。只能搬运病人的老式急救车一下子变成医疗车啦！"

马上，急救车的警笛声又响了起来。

我告诉老婆和男爵一会儿再来，跑出了御岳庄。

"血压稳定下来了，心脏超声检查也没有发现器质性异常，没问题。"

循环内科的自若大夫是在这个行当里干了二十多年的超老资格医生。是位典型的泰然自若的人物,所以我称他为自若先生。危急的时候也没有任何表情默默地工作。口头禅就是"没问题。"

"脉搏缓慢恐怕是药物引起的,打了点滴,等一会儿就会正常了,没问题。"

"非常感谢!知道没有器质性的病变就放心了。半夜里给您添麻烦了。"

我站直身体低下头。

半夜三点被运送来的学士殿下,脉搏继续下降到三十几,一度陷入危险的状态。大量服用某种精神治疗药物时偶然会产生这种情况,但又不能完全排除严重的心血管疾病的可能性。判断只能依靠专科大夫。没办法,只能在深夜里麻烦自若先生来了一趟。

自若先生和往常一样没有表情,瞥了一眼昏昏入睡的学士殿下,然后看着我。

"这位仁兄是栗原大夫的朋友?"

我沉默着点了点头。

自若先生默默地把目光返回到学士身上。

"这位心脏没有问题,问题出在更重要的地方。"

"比心脏还重要的地方?"

112

自若先生表情没有丝毫变化。

"栗原先生，要说心脏是人类最为重要的器官，不过是一种幻想。比它更重要的东西还有很多。"

自若先生一下子拿起心脏超声检查的探测器，上面显示的是学士殿下的心脏。屏幕上显现的心脏非常有力地跳动着。

"心脏完美地发挥着功能。可是，要是心脏的主人希望死的话，这个心跳只是在做送出血液的机械运动而已。"

停顿了片刻，像是自言自语地说。

"人类可不是机械。"

心脏，没问题。沉静地告诉我之后，自若先生悄然离去。

留下来的我，只是沉默着注视着学士殿下的睡容。

安稳的，像是什么事情都没发生过一样的面容。看他那安详的样子，根本不像是喝下去二百片安眠和镇静药睡过去的患者。

"总算把住院的病床定了下来。"

说话的是急诊处的护士长外村。

这样的时候，不露出让人过分担忧的样子，只是利索地做好自己工作的她实在可贵。

"要挪到病房里去。"

我默默地点了点头。

"主治医生就是栗原大夫可以吗？"

我又一次点了一下头。

学士殿下醒过来，是从那以后过了四十个小时的事情。

本来肤色就白的学士殿下，脸上没有一丝血色，让人觉得像是要融入医院的雪白被单中一样。他只是嘟囔了一句。

"我还活着……"

一直陪伴、看守着学士殿下的男爵，一听到这句话一下子兴奋起来，揪着学士殿下的前襟怒吼了句什么，然后就跑出了病房。留下了只是让人感到痛苦的沉默。我慢慢地说了一下经过，并没有多问。

"对不起！大夫。我……"

"不要紧的，活着，就有意义。"

我面无表情地断言道。

"失眠的时候吃安眠药，精神不安定的时候吃镇静药，都是可以的，只是不能过量啊，就跟喝酒一样。"

对我说的话，学士殿下稍微流露出了笑容。

那是一种极度疲惫、非常茫然的微笑。

血液检查没有发现问题，血压和脉搏也稳定了下来，也没有什么其他异常又过了一天的午后，学士殿下的病房中有人来访。

是位漆黑的长发，雪白的肌肤，修长的身材，举止文雅，眼睛非常迷人的女性。在病房楼道中走路的姿态都洋溢着一种优雅，不论男女都会停下脚步回头观看。

正是那天晚上男爵说的那个人。

"我叫橘枫，是仙介的姐姐。"

女性深深地低头鞠躬。醒悟到橘仙介是学士殿下的名字，费了好几秒钟的时间。

"这次弟弟给您添了很大麻烦。"

"麻烦倒没有什么。目前情况良好，明天就可以出院了。一出院我们马上要一起喝一杯表示祝贺。枫女士也能参加就好了。"

对我的话，女士严肃的表情丝毫没有松缓。

"我准备带仙介回出云①去。"

只是说了这么一句。

我才知道学士殿下是出云出身。

"我必须向大夫道歉。"

学士殿下突然张口说道。脸上稍微恢复了点血色，表情非常沉稳。

_____

① 出云市，位于日本岛根县东部。——译者注

"道歉？只要没有背着我偷喝我的吟酿，学士殿下就没有道歉的道理。"

"我没有偷喝过。"

学士殿下苦笑着，然后说："我是学生的说法都是假话。"

他平静地告诉我。

姐姐的肩膀看上去稍微有些颤抖。

"说是博士课程，实际上我连大学都没有上过。学历只是高中毕业。为了考大学到了东京，可没有考上。然后也没有什么目标在日本各地四处游荡，不知为什么在这个信州的乡下城市落了脚。住进御岳庄已经八年了……"

学士殿下脸上浮现出自嘲的冷笑，垂下了目光。

沉默了片刻。

"什么尼采的研究啦，正在写论文啦，都是谎话。"

他说的话都很深刻。

"在出云的母亲，八年里一次都没有见过。母亲一直坚信我在东京的哪家大学里研究学问，知道事实的只是姐姐……"

说到后面，声音有些颤抖。眼泪吧嗒掉了下来。

"一直想着什么时候肯定会让母亲高兴，却成了这个样子……"

学士殿下哭了起来。

姐姐静静地贴近抱住他的肩膀。

"回家吧！仙介。你做得不错。可以放心地回家了。"

安静的病房中只是抽泣的声音。

始终被自责的念头折磨着的学士殿下，像是会就这样消失掉一般地懦弱。

"即便是这样，又怎么啦？"

突然，我下意识地张口说道。

"学士殿下，你不是文学部的我早就知道。本来信浓大学就只有人文学部，没有文学部。"

学士殿下抬起有些吃惊的脸。

我凝视着他的脸，接着说："那又怎么样！你对文学的追求是那么脆弱的吗？没有个位置就做不了？大学，可以，如果有必要现在去也可以啊。要是有母亲的期待，现在去考也行，没必要感到惭愧！"

"……可是，谎话还是谎话，我骗了大夫你们。"

"不是谎话！"

我为自己的声音之大感到有些吃惊。学士的姐姐也吃惊地抬起头来望着我。

"不是谎话！学士殿下。你的博学是事实。不管是高中毕业，还是大学毕业，你通晓古今东西的文献，对德国哲学有很深的造诣，说起尼采来，你的理解和博学没有人能比。这点我比谁都清楚。"

这些再明白不过的道理都不明白，只好我都说出来。

"做学问，重要的是气概而不是学历，是热情而不是方法。就算不进大学，你那八叠大的房间也是货真价实的学府。在那个房间里既有思想和才智，也有闪光和发现。这些道理是不言而喻的。八年追求的道路有什么可惭愧的！"

对我响亮的声音，姐弟俩都不说话。

"要是有人笑就让他笑吧！你一直在前进着，我们就是证人。"

我停了下来，抬头看着屋顶，然后平静地加了一句。

"换了男爵，也会这样说的。"

房间里骤然又返回了沉默。

学士殿下的泪水已经干了，这样也好。

我默默地拿起病历翻看了一下，在明日预定的栏目中填入了"恢复良好，出院"。

"就算是非常理性的我，也有喝多了的时候。幸好时间略长的宿醉已经醒过来了，我想明天你可以出院了。"

我啪的一下合上了病历。

"先别忙休息，最好挺起胸来，去见一次母亲。"

学士殿下垂下了头。

"……谢谢，大夫……实在……"

然后，垂着头用嘶哑的声音回答。

"母亲，前几天去世了。"

我顿时为自己的浅薄失去了语言。

真是愚蠢至极！

在护士值班室的一角，我从中午开始，就像是被灌了一桶"砂山牌特制咖啡"一样痛苦地抱住头。

学士殿下决意去死，最根本的原因是他母亲的去世。

盼望着儿子凯旋的母亲，直到病倒也不知道真相。而要隐藏真情的学士殿下也不便去探望，就这样撑着，时间却在无情地流逝，转瞬间母亲离开了人世。内心充满自责的学士殿下，拒绝了姐姐让他去参加葬礼的劝告，在郁闷地度日中心灵逐渐受到了侵蚀。姐姐因为担心而特意跑来，反而成了让学士殿下正视严酷现实的举动。

根本不知道真情的我，像是洞察一切般装模作样地说什么"最好先去见见母亲"，真是个傻瓜！愚蠢至极！我在心中反复大声喊叫，可心里的傻瓜也不会跑出去。

啊！我把头发抓得乱糟糟的，掉下了五六根头发，其中三根是白发。

在这儿干啥呢？

又是东西直美登场了。

这家伙勤奋得让人吃惊，我总纳闷，到底她什么时候休息呢？

"看不明白吗，正在和一个叫自暴自弃的家伙格斗呢。"

"因为橘先生的事？"

"那还用说。"

我憎恨地瞪着揪下来的白头发，然后丢进垃圾桶。

本想得体地开导一下学士殿下，结果不过是个不懂装懂、愚昧无知、假冒的传教士。

"要是有人笑就让他笑吧！"

直美一下子模仿我的口气说起话来。真是个讨人嫌的家伙！

"我觉得不坏。"

"什么？"

"嗯，你的台词啊，我觉得不坏。大夫那有些老式的说法，有时也会有用的。我就有了勇气。"

"你有了勇气有什么用呢？"

"也一定会激励橘先生的，我想。即便稍微有些离题，可大夫那些热情的语言一定会起作用的。"

直美鼓励我。

真有稀奇古怪的事情。

"你想要干什么？"

"别整天说些招人讨厌的话，偶尔也坦率一点！喝咖啡吗？"

她不等我回答，苦笑着把两个杯子放到一起。

"谢了。"

今天我只能认输了。

安昙女士被转移到 300 号病房。

正好在护士值班室的对面，是重症患者专用的单人房间，不久前田川先生住过的那间。

幸好从那以后没有再大出血，可有时便中还是会混有鲜血。血压不稳定，脸色有时会一下子变得不好。换病房也是出于突然恶化的概率很高的考虑。

安昙女士本人看上去并没有太大的变化，时常会请人把她的轮椅推到休息室，凝视着对面远处的北阿尔卑斯山脉，一坐就是几个小时。

"您很喜欢山吗？"

突然被我一问，安昙女士微笑着点点头。

"因为丈夫很喜欢。"她说，"丈夫是个非常豪放的人。"

说着，安昙女士给我讲了个不寻常的故事。

安昙女士出生在穗高①山区深处的农村。就是在这个村里认识

---

① 穗高町，位于日本长野县西部、松本盆地北部。——译者注

了丈夫，结了婚，有了自己的家。那已经是五十年前的事了。

"那里是个很穷的山村。土质很差，从开垦的土地中收获的作物微薄。到了冬天经常没有吃的，平均三个孩子中会有一个夭折。"

据说在战前信州的山村里，这样的事并不稀罕。

"不过，我家的土地稍微多些，比起周围人的日子过得稍微好些。就在一年初秋的一天，米仓里进了小偷。"

安昙女士的表情，看上去像是高兴的样子。

我默默地听着。

"小偷是住在一个村子里认识的男孩子。"

是个穷人家的孩子。这年秋天的收成不好，家里还有需要照顾的生病的父亲和两个妹妹，走投无路的他，悄悄潜入了在近邻中收成最好的我家。

那是个连一百人都不到的小村子。要是这样的事被发现，大概那孩子全家立刻会被赶出这个村子。正好在冬天之前，如果没有了房子，可能就是这一家的末路了。被抓住的时候，他首先想到的，可能就是这件事。

他一下子跑到院子里跪了下来，毅然地说。

"这都是我一个人干的，千万不要牵扯到我家里的人。"

然后，从怀里取出一把镰刀，高喊。

"我现在就在这里切腹谢罪！"

是把长满铁锈的钝镰刀，恐怕不论是肚子还是草都割不了。

安昙女士呵呵笑了起来。

就在这个时候，周围邻居听到动静，有几个人跑到我家大门口。

"发生什么事啦？"听到有年轻人问。那个孩子这时还要用那把钝镰刀切腹，丈夫一动不动地盯着他。

在不知怎么办才好，转来转去的我面前，丈夫一下子大吼了起来："什么事也没有。只是喝醉了酒的天狗①跑到院子里来了。"

喝醉了的天狗！？现在想起来绝对怪异，可在当时却非常有说服力。

听说天狗已经回去了，年轻人们散去了。那孩子还呆呆地坐在院子里。

不过，更令人吃惊的是那之后。

丈夫一下子跑进米仓，扛出一大包米，然后又一下子把它丢到男孩子面前。

"拿去！"

虽说我家家境好些，但也没富裕到能一下子送人那么一大包米的程度。要这么干，没准到了春天受苦的是我们家了。

那孩子只是吃惊地来回看着米袋和丈夫，不停地眨着眼睛。

_____

① 日本想象中的拟人怪物，赤面、高鼻、有翼、善飞。——译者注

"拿去！既然有骨气，有这么一包米就可以过冬了。连命都可以不要，饥饿也好，寒冷也好，更不会怕了。好好照顾家人！"丈夫说完，进了屋。

过了半天，那孩子才把头蹭到地上，又是道歉又是道谢，最后，抽泣着哭了起来，让人看着觉得可怜。我跑到他跟前，用手帕帮他擦干眼泪，说："回去吧，路上小心！"

我不由笑了起来。

安昙女士也很高兴般地晃动着肩膀。

"孩子走了以后，我回房间里吃饭。一看丈夫像是什么都没发生过一样，在那喝着汤。好像刚才的事情是在梦里，真的只是天狗飞进院子里了似的。可是……"

安昙女士顿了一下，慢慢地喘了口气。

我竖起耳朵等着下文。

"吃完饭，放下筷子的时候。那个人终于说话了，'对不起！'只是这一句。可就是这一句，让我好高兴。我不停点着头。心想，这个人做的没错，我跟他是对的。"

安昙女士的脸上，一副幸福的神情。好久没有看到安昙女士有这样丰富的表情了。

"那男孩一家人后来怎么样了？"

"平安地度过了冬天。而且，在那之后，那孩子连睡觉的时间都想省下来，拼命地干活、学习。上了学，在东京找到了好的工作。那个小天狗，不知不觉成了村里最有出息的人。穿着西装衣锦还乡的时候，让我大吃一惊。"

我终于理解了。

是那个穿灰色衣服绅士的事。那位稍上点年纪的绅士，一定就是安昙女士说的小天狗。那位绅士曾说过。

"救过我的命，不，比命更重要。"

"都是些老早以前的，在山里发生的事情。"

安昙女士有些顽皮般地笑着，结束了她的故事。

我也笑着点了点头。

能使人心情变好的故事。像是一股清风吹进了心田，刚刚还在跟自我厌恶格斗的事顿时消失得踪影全无。

"安昙女士，谢谢！"

安昙女士听了我的话有些不知所措。

"唉呀，大夫干吗要谢我呢？"

"我想说，所以就说了，谢谢！安昙女士。"

安昙女士还是一脸觉得不可思议般的神情，不过，又像是察觉到了什么似的，微笑了起来。

"还是要走吗？"

听到我的话，学士殿下像往常一样稳重地微笑着点了点头。

"我们会寂寞的。"

我不知道再说什么好了。沉默着环视了一下"野菊之屋"。

曾有那么多书，现在几乎全看不到了，剩下的只有少数的几本、两瓶珍品"五一葡萄酒"①和空荡荡的书架。"五一葡萄酒"红白各一，是学士殿下珍藏的名酒。

那是他出院回到家里两天后的晚上。

学士殿下和住院前相比没有特别的变化，还是一贯的沉稳，只是在发生了错综复杂的事情之后，下定了决心返回老家。

"明天早上姐姐来接我。今晚是在御岳庄的最后一个晚上。"

平静的声音，传到八叠大房间的各个角落。榻榻米、柱子和天花板都像是不舍即将离去的主人般仔细地听着他的一言一语。

沉默地待在这里，怎么也排除不了悄然而至的哀伤。

和学士殿下共同相处的五年，对我们双方来说都是波动的五年。在这种情况下构筑起来的，已经超出了单纯的知己范畴，可以说是一种盟友的关系。就是这个盟友，正要肃静无声、耷拉着肩膀离我而去。

我的身旁，老婆低着头默默地坐着，眼睛里充满眼泪，不时地因抽噎摇晃着肩膀。

---

① 日本长野县特产的有名葡萄酒品牌。——译者注

“真是短暂的交往啊，学士殿下。”

越是这样的时刻，我越不知道该说些什么。

干脆放弃了说那些无用的话语，沉默着将我的一本已经褪了色的书放到桌子上。

岛崎藤村的《黎明前》。

“简直找不到能送给博学的学士殿下的书。”

“这是给我的吗？”

“读过？”

“好久好久以前了。”

学士殿下用他白净的手，抚摸着《黎明前》红色的封面。不知被翻过多少次的那个封面，已经因磨损变得破破烂烂了。本来是上下两卷，可现在手边只剩下了这本上卷。

“是个痛苦的故事。”

听了我的话，学士殿下稍稍点了下头。

“不是什么有趣的或者令人愉悦的故事，而是始终存在着内心冲突和烦恼，描写在这种苦闷中一点点地开创未来的一个非常朴实的故事。还是我读高中的时候在旧书店里买的。遇到挫折时总是会翻开这本书来看。直到现在，仍告诫自己，我依然处在人生的‘黎明前’。”

语言有些伤感，但现在的我也只能说这些了。

“那不是对你很重要的书吗？”

"是我最讨厌的书之一，看到它就烦，所以你拿去吧。"

我做出一副无所谓的姿态，把那本旧了的书推到学士殿下跟前。学士殿下有些踌躇，但看到我的态度也没有再推辞。他低下头双手恭敬地接过书去。

"没有不亮天的夜晚，也没有不停的雨，就是这么回事，学士殿下。"

听了我的话，学士殿下深深地点着头。

学士殿下站起身来，从书架上拿起那两瓶葡萄酒。

"有'五一'的极品，今晚能一起喝两杯吗？"

"当然。就是浅间山 ① 喷火，牛伏寺 ② 大地震，今晚到明早，也要在这'野菊之屋'交杯换盏。"

我像是要掸去胸中的寂寞一般高声回答道。

"说起这个，男爵怎么啦？"

对我的问话，学士殿下寂寞般地摇了摇头。

那天在医院里，朝着醒过来的学士殿下异常激愤的男爵，在那之后一下子就没了音信，也见不到踪影，再没有回到"桔梗之屋"。老婆也说没有见过。

---

① 日本活火山之一，位于长野、群马两县交界，历史上曾有过大喷发，造成众多死伤。——译者注
② 牛伏寺断层，位于长野县松本市、盐尻市一带，是较活跃的地质断层。——译者注

"遗憾。这也是自食其果吧……"

"男爵嘛,没准在什么地方发现了威士忌的名酒,正喝得起劲儿呢。也不是今生离别,别管他。"

"五一"葡萄酒被开了封。

把它慢慢地倒进三个擦得亮亮的葡萄酒杯中。

金黄色的液体,在日光灯的照射下闪闪发亮。

然后,砰的一声,三个杯子碰在一起,我们开始了告别酒会。

相互续着杯,议论着哲学,吟诵着"黄鹤楼",诉说着分别后的寂寞。夜越来越深了,中途老婆意识到时间已晚,悄悄地离开了酒席。

下半场成了只有两个心诚的人的酒宴。

学士殿下说着《曙光》《善恶的彼岸》①,我则从头背诵着《草枕》。

没有什么理论,只有时间在流淌。

一瓶空了,接着第二瓶也空了。

突然意识到,学士殿下哭了,我也在哭了。

要是有人笑就让他笑吧! 不灵活的我们,就要这样一点点地向前走。

忘记了时间的流逝,我们睡了过去。

---

① 德国哲学家尼采的著作。——译者注

睁开眼睛的时候，已经是早上。

慌忙环视了一下"野菊之屋"，学士殿下在房间一角睡着，松了口气。

虽说是在房间里，可呼出的哈气也变成了白色，冬日已至。

我慢慢地爬了起来，轻轻地打开拉门走到楼道里，接着大吃一惊。

大概有好几秒钟，我呆呆伫立在那里，说不出话来。

"啊！学士殿下……"

好不容易发出的声音，异常嘶哑。

学士殿下被我吵醒，也跑到走廊里，啊！吃惊地叫了起来。

满是盛开的樱花！

一眼望去，四面八方全都被樱花所埋没。

墙壁、地板、天井，所有的地方都画上了盛开的樱花。

两侧的墙壁像是一直延续下去的道路两旁的樱树，天井上是漫天飞舞的樱花花瓣，地面上积满落下的粉红花瓣……桃红色、红梅色、淡红色，就像在千变万化的樱花园中，有一股风吹过，刹那间漫天飞舞的樱花充满整个视野一样。

简直是在梦中。

昨天还满是尘土的楼道，今天却成为祝福的樱花街道，一直通向大门。

终于迈出脚步的学士殿下有些踉跄，不是宿醉的关系，而是看到这难以置信的景色脚下有些不稳。

慢慢地在楼道向前走去，到了中部的楼梯前停了下来。

老旧的楼梯下面，看到男爵全身沾满颜料裹了条毯子睡在那里。旁边是我老婆，额头上也沾着颜色香甜地睡着。

"男爵……"

学士殿下的声音有些颤抖。

"男爵！"

又叫一声的时候，男爵睁开蒙眬的眼睛。

"哦，已经是早晨了吗？"

"是早晨了……男爵。"

"好啊，总算赶上了。"

男爵仍裹着毯子，微笑了起来。

"启程之樱，怎么样，还像吧？"

男爵到底是天才画家！

听到御岳庄门外有停车的声音。

我走到大门口打开，看到古梅树下停了一辆白色的小轿车。驾驶席上坐的是学士殿下的姐姐。

"来接你了。"

我回头告诉学士殿下，他稍微点了下头。

脸上的表情有几分僵硬。

不知什么时候起来的老婆，吧嗒吧嗒跑到"野菊之屋"，把学士殿下的一点点行李拿了出来。

"谢谢！"

学士殿下接了过来。老婆也没说什么，只是再三地点着头。

老婆也和男爵一样，还是从头到脚都沾满了颜料的样子。她半夜里从"野菊之屋"出来，看到了在那里孤军奋战的男爵。看到为朋友奋战的知己，老婆是不会把他丢下自己离去的，结果立刻参战，帮他调颜料，取水，忙个不停。

学士殿下又眯起眼睛慢慢地看了一眼男爵和老婆创作的樱花街道，那双眼睛里洋溢着的，是无法用语言表达的万般思绪。

终于，他缓慢地移动起脚步。

男爵一下子喊了起来：

"这家伙不是失败，而是启程！学士殿下。"

学士殿下的脚步停顿了片刻，男爵又喊道。

"现在迈出的一步是向前的一步，是前进。千万不要忘了为了你重新启程的樱花街道啊！"

男爵的眼里溢出了泪水。泪水和粉红色的颜料混杂在一起，脸上异常花哨。

学士殿下拼命地移动着想停下来的脚步，向前走去，穿过楼道，走出大门。

我们三人一齐走到路上。

黎明的街道非常安静，笼罩着晨雾。道路的那头像是汪洋一般看不清楚。

车道上的白色的小轿车，在雾中无依无靠般地伫立着。

"什么时候都欢迎回来，'野菊之屋'一直给你空着！"

我叫喊道。也没征得房东的许可。谁还管那些。本来把租的房子墙壁上画满樱花也不对头，可到了这个时候还怕什么。

上车之前，学士殿下回头看着我们。

他在流泪。

一个男人在哭着。

从未见过这样哭着的学士殿下。

"……一定……"

呜咽中的声音，在清晨的路上中断了。

忽然白色的东西轻飘飘地落了下来。

是雪。

"下雪啦！"

男爵喊道。

"快看！老天爷也在祝福你啊，启程的樱花和送行的雪花。"

已经糊里糊涂的男爵，仰着他那五颜六色的脸，大喊着。

学士殿下坐进车去，汽车发动了，隐约看到他姐姐低头致意。

老婆擦了一把眼泪，响亮地叫着。

"我们喊万岁，为他祝福吧！"

说着，高举起双手，"万岁！"高声叫道。

我马上理解了她的冲动。

其他的我们还能做什么呢？只是想为离别的朋友送点什么。

健康！活下去！什么时候再回来！

虽然向前迈出的一步有些晚，我们还是会高声祝贺的。

男爵喊道。

"万岁！"

我也举起双手。

"万岁！"

牵着小狗散步的年轻女性吃惊地回头看着我们。

管他呢！

"万岁！"

清晨雪花飘舞的路上，三人齐声为启程上路的朋友高喊着。

"万岁！万岁！"

宛如融入雪中一样，学士殿下坐的白色轿车驶远了。

第三章　月下之雪

突然想起来。

孩子的时候读过仍还记得的短文。

说的是在寺庙的山门外，佛像雕刻师傅雕刻哼哈二将的故事。木雕师轻松地用凿子一下一下地凿着，转眼间眉毛、鼻子就浮现出来。

看热闹的人们看到他那熟练的手法感到惊叹，而一个年轻人却这样说："那不是在木头上雕出哼哈二将，只是把预先埋在木头里的哼哈二将挖出来而已，当然容易了。"

不可理喻的说法。

说是就像挖出埋在土里的石头一样，不会出错的。

还是孩子的我觉得茫然，记得之后几次又去重读那段。

说起来，我们的工作也像是同样的事情。

靠点滴也罢，抗生素也罢，去延缓将要逝去的生命，这种想法是不谦虚的。本来人的寿命就不是人类自己可以左右的，从最初就已经确定了下来。把埋进土里的生命挖出来，硬要做出更好的临终一刻。所谓医生不就是这样的存在吗。

也许会有人说这样的说法过于消沉，可我们当中肯定有人坚决地赞同这种观点。

已去世的田川先生家属来医院的时候，我就是这样想的。

"终于心情有些安稳了，来向大夫道谢。"

田川先生的儿子夫妇，一脸清爽地点头致谢。

田川先生去世前一个星期极度憔悴疲惫的两人，现在仿佛是附体的邪魔已经退去了一般温和的表情。

"能够遇到大夫真是幸运，父亲也经常这样说。"

没有听过这样的话，大概是我不拘泥小事的缘故吧。

可是，去世前两天田川先生温和的笑脸，随着时间推移却变得更加鲜明。繁忙中被忽略的那些微薄的记忆，经过时间的催化，被赋予了更艳丽的色彩显现出来。

这温暖人心的记忆，不正是我们使用被称作医学的凿子和锤子，从病魔的土中挖出来的生命的形式吗？我想。

脑海里鲜明地浮现出来的田川先生那满是皱纹的笑脸，我一想到这一幕不得不流露出苦笑。

活着的时候有些看不透摸不着的东西，一去世却以清晰的轮廓贴近了自己的亲人，上帝也会做这样的恶作剧。

送走不停地低头致谢的这对夫妇，我走到医院的停车场。

信州腊月里的空气冷得令人感到恐惧。

太阳还没落山，气温已经降到零下。阵阵寒风吹拂着车辆穿梭的道路，人行道上走着的小个子男人，一瞬间像是被冻住一般停住脚步，等阵风过去又快步走去。

看了一眼表，下午五点半。正是与夜班交接的时间。刚这样想，院内手机响了起来。

"栗原大夫，你好！"

是急诊处的外村护士长。

"今天是您值班啊。"

"并非是我本意，但确是我值班。"

一瞬间像是看到外村女士的苦笑，然后……

"那拜托了。现在急诊处已经快要被挤破了。"

口齿清楚的声音继续着，啪的一下挂了电话。

唉！叹气时呼出的哈气变得雪白。

疲劳一旦积累下来，总会产生这样懦弱的幻想：被自己吐出的白色雾气所笼罩，看不清前进的道路。

可是，就这样干吧。如果说用锤子敲击着凿子，将土里埋着的生命挖出来，就是我们的使命，今天也只有专心地挥舞锤子。

跑到急诊处一看，敌人的大部队已经杀到。

这个时期，批量生产就诊者的令人恐惧的敌人，就是流感。不分男女老幼，遇到谁都要感染。

候诊室里，数也数不清的患者挤得满满腾腾。

患者中有戴着口罩剧烈咳嗽的，因高烧神志不清的，孩子哭着的，老人没有坐的地方横在地板上的，各种各样的都有。还有快步穿过的，跟家属说话的，对还没轮到自己就诊跟接待人员发牢骚的……

这里简直是从战争中逃离出来的难民船，叹着气脚步不稳地走进护士值班室的我，反倒像是一个局外人。

今天值班的实习医生，还是前面说过的山先生和海先生。

"不要随便就开达菲的处方，对上年纪人患流感的要特别注意！"让他们诊疗中把这个当作严令。

要是有人问，实习医生给人看病开药好吗？只能说：不好。更准确地说，须由他们的上级医生严格管理，对逐一发出指令进行再次确认。可是，不能允许那样慢悠悠地处置，也是信州医疗的现状。

要是有很多经验丰富的医生，能有吃饭的时间，夜里值班白天可以休息的话，能干得更好。可是现在，一个条件都不具备：有经验的医生不足，连吃饭的时间都不能保证，白天晚上都不能睡觉。不得以借助实习医生的力量，来渡过"过劳死"这一关。因此，不管有多少所谓正确的意见，我们为了哪怕能多救一个患者，也只能选择"有比没好"的办法。

心里期盼着一百年后，这些问题哪怕有一个能得到解决也好。

"外村小姐，也请提醒一下护士，看上去比较严重的高龄流感患者，不要简单地让他们回去。"

嘱咐完这些，我也上前线参战了。

在急诊处应对大量流感患者时需要注意的是，不能忽略严重的流感患者，以及准确地诊断出不是流感的患者。流感的快速检测可以作为参考，但解决不了上面说的问题。

结果一直战斗到半夜三点，三名医生总共诊断了五十多人，安排了三名肺炎和一名心功能不全的患者住院。

终于候诊室里的患者少了，只剩下几个年轻人还在等待，我松了口气，在自动售货机买了罐咖啡，溜达着走出医院大门。

走到外面一看，不知什么时候下起了雪。

这个城市一到冬天就冷得吓人，但降雪量却很少。倒不如说下雪的日子还是比较暖和的日子。我手里握紧了热热的咖啡，眺望着寂静无声的街道。深夜的街上悄悄落下的雪，在医院的照明下闪闪发光。梦幻般的美景甚至让人一时忘记那充满杀机的急诊处中的气氛。

出生于西日本地区的我，雪是并非经常见到而充满神秘魅力的东西，孩子的时候，哪怕只是看到稀稀落落的雪花，也会异常兴奋。来到信州做学生的时候也喜欢雪。可是，做了医生以后转眼间就变得讨厌雪了。

这是因为一下雪交通事故就会增多。

刚喘了口气，院内手机响了起来。

"栗原大夫，辛苦了。国道一五八号交通事故，急救车两辆，二十分钟后到达。"

雪带来的恩惠这么快就领受到了，真让人心烦。

"好像还有点时间让我把咖啡喝完啊。"

"没问题！好不容易歇会儿，喝两杯再回来也行。"

外村护士长的声音中夹杂着苦笑。

我也稍微做出点回应。

"怎么一到跟你值班，就没有能睡觉的时候呢？"

"那应该是我说吧，栗原大夫。'招人的栗原'的传说又要更新了。"

笑声的同时电话断掉了。

我做了个深呼吸，让新鲜的室外空气充满胸腔转身回去了。

值班那天夜里开始下的雪一直下到第二天晚上。不知不觉人行道完全被雪所埋没，马路上也全都是雪白的。

"啊，今年雪很多呀……"

古狐先生那张总是发青的脸眺望着窗外。

虽说是夜里，可大概是雪的关系，整个街上看上去有种朦胧的明亮。从医疗部窗口俯视医院正面大门，三四个行政职员正在拼命地清除积雪。大概过不了多久，肩膀疼或是肌肉疼的人会出来很多吧。

"听说明天的最高气温是一度，积雪不会融化啊……对了，什么事？栗原君。"

古狐先生慢慢转过头来，微笑着。

我把手中拿的明信片放到桌子上。

"收到了个莫名其妙的东西，这是先生关照的吗？"

明信片是信浓大学医学部消化内科寄给我的。

上面写着"下周三，下午二时，在内科医疗部恭候"。

"是从医疗部寄来的参观大学医院的邀请函，让下周过去。可是我不知道是怎么回事。"

"是我让他们寄的。"

古狐先生微微笑着。

"我记得没有拜托过您啊……"

"跟你没关系，是我让他们做的。"

我死死盯着先生的脸。可是，从眯缝着眼睛微笑着的古狐先生的表情上，除了脸色不好以外什么也看不出来。

明年去不去大学附属医院的事确实还没有定论，而且是考虑暂且不去的状态。按说应该早点拿出结论，可即便这样，也不应该不顾本人意愿突然这样做啊！

"您的意思是让我去大学医院吗？"

"完全没有那个意思。"

古狐先生挪动着他那不稳的脚步，走到桌台前，颤颤巍巍地取出两个杯子，往里倒咖啡。

大狸先生原本就是像狐狸一般的先生，搞不清楚他在琢磨着什么，而古狐先生也像狐狸。用棒球投手比喻，大狸先生什么时候都投快速球，但不知从什么地方投来。而古狐先生则是专投变化球。但不管哪个，都不是容易接到的球，这一点是相同的。

"医疗部是非常严酷的地方。"

他脸上显露出悲伤的神情。

"医生有时要自己抽血，有时会一下子被发配到山沟里的医院。或是写论文，或是做实验，不可能抽出时间和患者慢慢交流。"

是残酷……我嘟囔着不知从哪儿出来的感慨。

终于被顺利地倒入杯中的咖啡递到了我的手上。

"所以，去看一看吧。"

声音非常虚弱，可是话中有种紧张感。

"几天也好，用自己的眼睛仔细看看，然后再做出决定。不管医疗部是个怎样奇怪的部门，但依靠它建立起来的医疗体系确实存在，靠这个医疗体系得到救助的人确实存在。至于你究竟应该不应该进入医疗部我不清楚，但我能够为你提供一个仔细去考察的机会。"

他慢慢举起右手，伸出两个指头。

"两天休假，我已经办好了。去看看大学医院吧！"

还是微笑着。

"啊，大学医院吗？"

老婆的表情有些不可思议。

她和平常一样准备着咖啡。从印有红色咖啡壶标志的袋中，熟练地取出咖啡豆放入磨豆机，伴随着好听的声音开始研磨，散发出令人心旷神怡的香味。

"古狐先生安排的，不知道是什么打算。"

"大狸先生怎么说的呢？"

"不知道。"

在那之后，我跟大狸先生确认了一下休息两天的事，同时想探探他的底细。可是，和往常一样，被他出色发挥狐狸本性糊弄过去了。

"大学医院？好啊。干不了正事的地方，好好看看吧！"

只是笑着说了这么一句。

明年是不是去大学医院好呢？我试着又问了一句。

"阿栗要去大学医院啦？要寂寞了啊！寂寞啊！"

这样说着，不知去了什么地方。

"可是，不管怎么说，看还是应该去看吧？看一遍，然后再决定，不好吗？"

她把磨好的咖啡豆灵巧地盛到滤纸上，拿起电水壶，非常熟练的动作。

御岳庄里厨房也是共用的，所以需要水的时候要跑到一楼去取。也不知什么时候她做的准备，老婆的功夫就是深。我一个人住在这儿的时候，连想都没想过在"樱之屋"能喝上咖啡。

老婆拿着电水壶，终于慢慢地像是划圈一样动了起来，房间里响起咕嘟咕嘟令人心情舒畅的声响。

"真是麻烦！别管我，就这样忙忙碌碌地干下去不是挺好嘛。"

"大家还在期待着阿一啊，是好事。"

"阿榛一直都那么积极！"

人生的十字路口，从来都是突然出现在眼前，使人动摇。

普通的年轻大夫，大概会高兴地到大学附属医院去学习最尖端的医疗技术了吧。可这样不动心漠然处之的我究竟是打算往哪儿走呢？原来就喜欢避开人多的地方，执意走谁都会劝阻的圈外路线，虽说这样，我自己也并非有明确的目标。

在御岳庄已经住了五年了。认识阿榛以后也过了三年，就是结婚后一年也过去了。大概这里不是永远住下去的环境吧，可即便如此，自己究竟应该怎样做，还是没有结论，到现在前途仍像是被包裹在浓雾中一样无法判断。

伤脑筋……

我叹着气，随便躺了下来。

忽然看到房间一角挂着的一幅淡色的水彩画，画的是上高地的河童桥。河童桥一般多以春天夏天色彩丰富的景色或是冬季的雪景作画，可这个作品却是初秋有些凄凉的景色，是一幅没有鲜明轮廓使人难以理解的画。仿佛要以其萧然静寂吸引观赏者。

注意到我的视线的老婆，边往杯子里倒咖啡边说道。

"不可思议的画儿吧，是男爵先生画的。"

"男爵的？"

我坐起身，往倒好的咖啡中加了些奶。

有喜爱咖啡的人把这叫作歪门邪道，才没有那样的事。我就是喜欢加奶的人。特别是 Inoda 咖啡（京都著名咖啡店）中的阿拉伯小粒咖啡，多加些奶才更加可口。

"听说是前几天刚刚画好的，不知为什么我喜欢，就买下来了。"

"噢，从男爵那儿买画儿？"

"二十日元。"

"二十日元？"

老婆朝着皱起眉头的我，点头说道："说现在还在修炼中，所以二十日元就可以了。说是预计十年后会变成二十万日元的画儿。"

"像是男爵的风格。"

我拿着杯子站在画前。

非常宁静的绘画。

初秋的河童桥。花凋谢了，树木仿佛被寒风冻住一般地坚挺地矗立着。还是在完全被大雪掩埋之前的季节，到处可见冷冰冰的土块。远处穗高的登山道上可以看到星星点点的斑痕，大概是动物的足迹。

这种肃然静寂，莫非是要表现学士殿下离去后的寂寞？与学士殿下一起相处的时间，男爵比我更长。那段时间里，肯定有为寻求自己的未来而烦恼的日子，即便是走的道路不同，但两人肯定是一起交流共同烦恼的盟友。

那个盟友离去之后，男爵像是更加埋头于绘画了。

"对啦！阿榛。"

忽然想起件大事。

"有个叫文明堂的老铺，知道吗？"

对我唐突的提问，老婆有点不明白般地歪着头想了一下。

"三点钟的点心请用文明堂！"

她哼起广告中的曲调。

"是这个文明堂吗？"

我也不清楚。不过，护士们好像也是这样唱着，大概是它吧。

据说是个有很久历史的著名西点店。

"是在关东很有名的店，西日本出生的阿一也许不知道。"

"蛋糕是不是很有名呢？"

"听说是的。"

想吃文明堂的蛋糕！

几天前，安昙女士说过这样的话。

安昙女士最近又是断续便血的状态，饮食也受到限制。可是，吃东西这种行为，比起点滴来有时更会给患者带来精神。如果便血有所好转，还是想让她少量摄取食物看一看。有什么想吃的吗？我问她的时候，安昙女士有些不好意思般地说出了这个名字。据说是好多年以前来东京的时候，和当时还健在的丈夫一起吃过，一直没有忘记那个滋味。

"在这个城市能买到吗？"

无须多问，老婆立刻理解了点着头：

"我找找看。"

微笑着的这张脸，什么时候都使我得到抚慰。

得到两天的休假，我去了大学附属医院。

那是刺骨寒风势头一天比一天猛的十二月中旬。

站前大街向北，沿着县道大约走两公里的上坡路，走出住宅街，立即就可以看到与周围建筑明显不同的漂亮的楼群，这就是信浓大学。这个广阔的信浓大学校园的南部一片，是附属医院的地盘。

信浓大学医学部附属医院拥有超过六百张的病床，仅病床数就比本庄医院多五成。不单是拥有各种设施，规模巨大，这个地方还有近千名医生。医生异常密集，是因为不仅要从事医疗，还要承担研究和教学的职能，有多少人也是不够的。

接待我的是担任医疗部部长的一位庄重的人物。在我这样的乡下人看来，暂且称他为云之上先生吧。个子高高的，肩膀很宽，眼睛中闪烁着柔和的目光，可说起话来却没有我所预想的那种威慑和高压的感觉，非常平和。

"这里和本庄医院那样的第一线医院在职能上是相当不同的，请仔细看一看。"

不知怎么，预先做了好多思想准备的我，在云之上先生那温厚的笑容前却泄了气，只是一个劲儿地点着头。

正如云之上先生说的，医院里满是我未曾经历过的事情。

消化内科有很多个小组，每个组由五六名医师构成，负责五六名患者。一个个病例都会在小组里多次讨论，确定治疗方针，而且要有大量详尽的数据作为依据。检测仪器也尽是些没见过的最新装备。有些检查要花费几个小时，也有三四名医生守在一旁。一个人要给四十个人看病，不停地做内镜检查，一不留神已经过了五年时光。这里丝毫没有那样的场面。

时间的流逝各有不同，大概就是指这样的事吧。

"在本庄医院那样的地方修炼技艺也是很重要的，可在这里工作几年，可以使技能更上一层楼。我觉得栗原君最好能来体验一下。"

云之上先生态度非常稳重，微笑着对我说道。

我只是被大学机构的绚丽和威严折腾得眼花缭乱，哪有工夫拿出结论。

"怎么样？"

回来后大狸先生问的第一句话就是这个。

深夜的住院部里，他一个人啪啪地敲打着电子病历。眼睛盯着键盘，用两根食指不停地敲打着。好像我不在的时候，他就是这样处理了四十个人的病历。

永无止境的作业。

"怎么样呢，一下子也……"

"大学是个有意思的地方吧？"

"有意思是有意思。不管怎么说有那么多人。"

"很多的医生，给很少的人看病。用莫大的资金买些莫名其妙的仪器，进行莫名其妙的检查。这就是最尖端的医学。"

他到底想说什么，搞不清楚。

"是不是想干个试试呢？尖端医学。"

"要说一点没兴趣那是谎话。"

"是吧。阿栗的话，要是去大学里肯定能学到有价值的东西。"

"您是劝我去吗？"

"怎么说呢。"

大狸先生又啪啪地敲打了起来，然后把目光投向显示器，不说话了。像是中间打错了没有意识到又接着打了下来。他咂了一下嘴又全部删除。真是永无止境的作业啊。

我叹了口气，从旁边夺过键盘，开始打病历。要是等下去天就亮了。

看到我不看键盘打着字，大狸先生感慨道："唉，这个世界真是日新月异啊。我出生的时候哪有什么电脑呀。可现在病历全都是靠电脑。痉挛啦，麻醉啦，怎么学也跟不上啊。可是，痉挛不熟悉，麻醉可是我的本行啊，哈哈哈……"

一时沉默了下来。返回静寂的病房里，只有我敲击键盘的声音无情地回响着。深夜的病房楼中没有人的气息。要是没有我，大狸先生再说多少俏皮话也没人搭理。

大狸先生又哈哈哈笑了一通以后，有些寂寞般地望着我。这不要理他。

像是没有任何事一样答道。

"好啦，先生还有更重要的事，病历这点事我就干了。没必要什么事都自己做，人都有适合干的和不适合干的。"

多少掺杂着挖苦的意思，大狸先生一下子安静了。从侧面扫了他一眼，他在独自冷笑着。

"什么？"

"您知道我说的意思。"

"适合干的和不适合干的活？"

大狸先生突然开始拍打他那得意的大肚子。这是他情绪好时的动作。

"就是当医生，也有适合干和不适合干的。从尖端医学到一般医疗。一个人没必要全都掌握。"

"……"

"只是这个世上医生不足啊。都去搞尖端医学了，谁给乡下的老人看病呀？我们干的正是这个。遗憾的是，给一辈子快走到头的老人们看病，没有多少人喜欢。所以才出现这样的医院里医护人员不足，大家忙得要死。"

砰，又拍打了一下肚子。

"可是阿栗是例外，不大讨厌这样的医疗。"

要害部分。

"干自己喜欢的就行啦。这些上岁数的人都喜欢阿栗啊。"

第一次出现具体的暗示。

"您是说留下来？"

"怎么说呢。"

"到底要我怎样做呢？"

"那样的事要自己定啊！对别人的人生选择说三道四，以后是要负责任的，我可不愿意那样。"

他冷冷地笑着说道。

病历大体上打完了。

"可是，也有各种各样的烦恼啊。阿栗的话到哪儿也会干好的，这是肯定的。"

大狸先生砰砰地拍打着肚子，从房间里走了出去。

一步步地化作狐狸马上就要五年了。

期盼着某个早晨醒来，明白从一开始全都是梦，只是不希望有什么坏结果。

安昙女士的血色素降到了 6 以下。

血色素是显示贫血程度的数值。正常值应该是 12—15，贫血加重会逐渐降低。即便如此，如果在 8 前后还不至于马上给性命带来影响，可是到了 6 以下是相当不好，这是断续便血的影响，没有从肿瘤部止血的办法。

从两三天前开始，不再让把她移动到轮椅上，要她卧床静养，可我想这样也不会有什么效果。

"又要输血吗？"

脸色苍白的安昙女士像是抱歉般地询问道。脸色不好可是表情不差。与对血液检查的结果感到喜忧各半的我们相比，要镇静得多。

"我就这样吧，大夫。要输血的不是有很多人吗，像我这样的人用怪可惜的。还有更需要的人吧。"

就是这样危急的时候，安昙女士还在担心着别人。

人究竟能不能达到决定自己如何怎样活下去的境界呢？要是我们处于同样场合的话，是不是只会哭着叫着要输血呢。

"只是为了延缓一些时间的话，不要勉强了，栗原大夫。"

"我不认为是延缓生命的治疗，而是为健康的安昙女士再好好地度过一段时光的治疗。"

我在处置单上写下了"输血 4 个单位"。

"安昙女士在护士中很有人缘，我要是怠慢了'治愈系的安昙女士'的治疗，在护士们那儿可要有我好看的了。"

安昙女士呵呵笑着耸了耸肩。

"这里真是家好医院。护士们个个都开朗体贴，那么忙，可细小的地方都为你考虑得周全，再加上还有个非常好的大夫。"

"如果那个好大夫是指我，确实觉得非常荣幸。"

"当然，大夫。"

看着我的安昙女士眯起了眼睛。

"最初有些担心，大夫又年轻，又说不上什么地方有点怪，能认真给我看吗？"

"不只是安昙女士，大家都这么说，让我好为难。"

听我一说，安昙女士低声笑了起来。

"现在非常开心有幸认识大夫。"

她低下头去。

像是一天天在变小的安昙女士，从雪白的被单中露出和蔼的笑容，那笑容像是闪烁着艳丽的光彩，使跟她说话的人感到一种不可思议的安稳。所以年轻的护士们称她为"治愈系的安昙女士"。

忽然看到床边小桌上，一张便条纸上，用毛笔大大地写着"一止"两个字，不用说是我的名字。

安昙女士注意到我的视线，有些难为情地笑了笑。

"大夫的名字是不大听到的字，觉得好奇，写出来看了看。"

伸出瘦得皮包骨的手，拿起了那张便条。

"写出来一看才明白，这是个正确的'正'字啊！"

我苦笑着。

"正确。"

把"一"和"止"叠到一起，就是"正"字。这是父亲玩的文字游戏。

安昙女士非常感慨般的表情，目不转睛地盯着便条上的文字。

"写了'一'再写'止'就成了'正'的意思，我活了这么大岁数刚刚知道。不过，感觉有点明白了。人活着，光想着往前往前，不断地把重要的东西丢下不顾，可没准真正正确的，就在最初的地方。"安昙女士像是自言自语般地呢喃着。可这一句一句呢喃着的话又是那样沁人心脾。要是我那不务正业的父亲听到安昙女士的反应，肯定会高兴地又开始讲授他那汉字理论了。

窗外照射进来冬天的夕阳，洒落在安昙女士一侧的面庞上。安昙女士一动不动，一直凝视着我的名字。

意识到十二月二十日是安昙女士生日的，是从来都体贴入微的直美主任。

"是她七十三岁的生日啊！"

十二月十九日那天她告诉我。

突然告诉我，让整天忙个不停的我又能做些什么呢。

最近这些天，和往年一样，老年肺炎患者激增，一个接一个地住院，病床总是满员状态。而对我们这些医护人员来说，则是持续着过于残酷的劳动。

两天前赶上值夜班，昨天九十五岁长期卧床的老人去世了，今天又有几位老人像是熬不过去了。

在这样不可救药的劳动环境中，忍受着慢性睡眠不足外加喝多了咖啡造成的胃痛，脑子根本转不到病房里的那些枝节问题上。

"生日吗，该祝贺一下。"

像是这耳朵进那耳朵出一样。我一边打着电子病历，一边应付着回答了一句。

"我问她，过生日想做点什么事呢？她说想再看一次山！"

我抬头扫了她一眼，直美脸上像是有什么想法。

下达不准转移到轮椅上、只能卧床静养的禁令已经过了五天了。病房的窗户朝南，看不到西边的穗高群山。

安昙女士每天除了有时喝点水，或是看会儿电视，其他时间只是无力地凝视着屋顶。虽对我从未说过什么，可看不到原来每天见到的山还是有些寂寞吧。

可是，万一疏忽大意再发生大出血那样的事可是致命的。

"……是要我允许她外出吗？"

"我没说那样的话。只是说明天是安昙女士的生日，她想到外面看看。"

像是要盖住直美的声音一样，路过的阳子插话。

"还有，那位穿灰衣服的老绅士也说，如果可能的话，想带安昙女士到外面去。"

真是考虑周全的一伙。在跟我说之前，已经确认了周围人的意向。

本人有意愿，周围的人也同意，按理说应该成全。可剩下的危险症状可能带来的风险要由大夫承担。

当然，最终负责任的是我，因照看大量患者、睡眠不足、疲劳过度而筋疲力尽的我。

"填平外护城河的事做得漂亮，直美。"

"说什么呢？"

在大阪冬季之战中，德川家康摆出讲和的阵势，同时把大阪城的护城河全部填平。可以说，那是决定此后夏季之战胜败的关键。简单说最终大阪城被攻陷了。那是天下第一的大阪城，靠着家康的诡计多端，连内护城河都填平了，而只有乡下平原城堡程度的我，仅处理好外护城河就足以。

我停下了打病历的手，边叹气转过身去。

"那么，怎么办好呢？"

直美和阳子相互看看，笑了起来。

十二月二十日，下午一时。

趁着血压稳定的功夫，把安昙女士移上轮椅。从病房到电梯间，再从那儿到医院楼顶。同时跟去的有直美和休息日身穿自己衣服的阳子。真是对工作的事上心！我上午尽早结束了胃镜检查，挤出三十分钟时间，跟她们一同上去。

坐上轮椅的安昙女士脸色比想象中要好。毛衣外面又穿了外套，戴上口罩，全套的冬季装备。头上戴了一顶红褐色的毛线帽子，和安昙女士很相称。

"帽子，很相称啊！"

我一说，安昙女士高兴地点着头。

"是三十五年前丈夫送给我的礼物。"

原来是我出生前就有的东西。

"这顶帽子准备带到坟墓中去。我死的时候，一定要给我戴上呀！"

安昙女士的表情中没有悲伤。就像是在问下次门诊时间一样自然。我也没有再说那些没意义的套话，默默地点了点头。

本庄医院的楼顶，北侧用作直升机的停机坪，但南侧是作为可以自由出入的休息场所开放的。在夏天，白天可以看到家属带上来的患者稀稀落落的身影，可现在，这十二月中旬零度以下的楼顶上，没有那么喜欢户外的人物。就连洗过的衣物，在这样的地方没干之前就被冻住了。

下了电梯，走出屋外的时候，安昙女士"啊"地叫了一声。

天气很好，晴空万里。

三天前连续下的雪给街道披上了银装，整个城市银光闪烁。

看西边。

安昙平原对面的北阿尔卑斯山，乘鞍、常念、爷岳、鹿岛枪等一个个有名的山峰，轮廓鲜明地显现出来，而且就像是近在咫尺，真是绝妙的景致。

我也是轻易没机会来这样的地方，看到美丽的松本平原的雪景确实令人心情舒畅。

安昙女士最初发出感叹的一声之后，再没有说话，只是眯起眼睛，凝视着有些晃眼的北阿尔卑斯群山。我们不知此时在她心里来来去去的，是对故乡的回忆，还是对丈夫的思念，能做的只是沉默着陪伴在旁边。幸好这个时候装在兜里的院内手机保持着沉默。

大约过了二十多分钟，安昙女士终于转过身来看着我。

"大夫，我一直觉得自己这一生总是不幸。"

有些突然。

"丈夫在四十二岁时因脑溢血突然去世。从那以后的三十年，只有寂寞孤独和思念陪伴着。虽然觉得寂寞啊、孤独啊，也不明白什么道理，活到了现在。终于觉得习惯了这种寂寞的时候，又碰上了这场大病，大学医院的大夫不给看，又一次觉得孤独……人生中只有这些。"

安昙女士吐出的气息化成白烟升了起来。

直美和阳子一声不吭地听着。

"不过，最后的最后，拥有这段幸福的时光，人生啊，真是搞不明白的东西。"

她像是一个一个地挑选着词汇，慢慢地编织着语言。和蔼的声音渗入我们的心底，然后变成一股暖流在胸中散开。

我重新思考。得到鼓舞的，应该是我。听到你的声音，我确实感到增添了力量。可是，这个事实不好向她表达。

我从白衣口袋中取出一个小小的盒子，放到安昙女士膝上。

"祝您七十三岁生日过得稍好些！"

听了我的话，安昙女士睁大了眼睛。

"只是一点点心意。"

我尽量若无其事地说道。安昙女士用她那枯萎了一般的手颤悠悠地打开了包装纸。

文明堂。

看到古朴的老店徽记和文字，安昙女士垂下了头，肩膀在颤抖。

162

“大夫……”

“听说您想吃这种点心。这个城市也不都是无用，站前的老百货店里还有卖的。找到它的是我那能干的老婆，和我没关系……”

等我注意到的时候，安昙女士在吧嗒吧嗒掉着眼泪。

握着文明堂的纸盒，安昙女士抽泣着：

“还活着的时候，有这样幸福的事……怎么去见我丈夫……怎么会……让我说什么好……”

直美握住安昙女士颤巍巍的手说：

“趁现在哪怕是一点时间也好高高兴兴地过吧，我们也都是看到安昙女士温柔的笑容才有了干劲儿的啊！”

真是她说的那样。

安昙女士只是流着泪点头。

我也觉得这时要是说上几句激励的话才像回事，可一到这时候就不会说了，只是做出老于世故的样子不停地点头。

突然，穿透冬天的寒风，手机清脆的铃声响了起来。

刚一接通，就听到护士慌张的声音，东三病房的突发病变，是从昨天夜里病情恶化的严重肺炎的老爷爷。

“差不多的时候就回病房吧，当心感冒。”

我朝着眼睛里含着泪水的安昙女士点了点头，以目光和直美打了招呼后转过身来，将明亮的冬季阳光和寒冷的空气抛在身后，离开了楼顶。

安昙女士的病情突变，是在两天之后。

深志神社的灯笼特别红。

深夜里，我靠在神社院内的栏杆上，漂移的目光无精打采地眺望着成排的灯笼。

一般来说，红色使人联想到血，无论是从这不安宁的凡世来说，还是从我的工作来说。

可是这天夜里，我联想到的却是安昙女士那顶红褐色的帽子。

十二月二十二日，晚上九时十五分。

那是死亡的时刻。

整个经过是非常短暂的一瞬。

晚上过了九点，和平常一样，正在病房里打着电子病历的我，耳边响起了监测警铃声。这是常有的事，我并没有慌张，只是把头扭了过去，确认了一下病房监视器，我倒吸了一口凉气。

300号病房，脉搏过低的警报。

安昙女士的脉搏一下子降到了三十几。同时听到病房里护士的尖叫声。

跑进病房，首先看到的是把半张床染成红色的出血。病床对面，值夜班的新护士慌张地不知如何是好，旁边的心电图监测器发出尖锐的警报声。

一看床上，和平常并无二样的安昙女士安详的睡容。

"安昙女士！"我叫道，但没有反应。

抓起她的手，几乎没有脉搏。监测器上显示脉搏在 30 左右。赶紧操作控制盘调出到三十分钟以前的数据，虽然时间持续不长，但有频脉的记录。是大量出血引起的出血性休克……我首先朝着愣在一旁的护士吼叫："点滴全开！"

这期间，脑子里闪过无数个选择。

使用升压剂的话，一小时左右血压也许会上升，接上人工呼吸器估计短时间内还不要紧，其间做好输血准备，如果大量输血，也许还能挽救……

虽想到这里，可是我并没有发出这些指令。

就这样吧！仿佛听到安昙女士在这样说。

经常在医疗现场看到患者家属说："把能用的都用上！"在五十年前的日本大概是经常的事，不管其结果如何，那个时代可以那样。医疗水平低下的时代可以那样。

可是现在不同。

对将要走向死亡的人，把可能的医疗手段全都用上！有什么意义呢？人类真需要再认真思考一下，哭着喊着"能用的都用上！"

是美德这样的想法，应该赶紧丢掉。

如果有救过来的可能，不管家属怎么想，医生应从一开始就全力救助。问题在于对不可能救助的，那些长期卧床不起的老人和癌症末期患者的治疗。

也就是说，为安昙女士这样的人的治疗。

如果应用汇集当代最新技术的所有治疗手段，可以使将要停止的心脏再延长一段搏动时间，或者可以对已经停止的呼吸采取输氧等措施。可是，那又能怎样呢？因胸外心脏按压折断肋骨，用人工呼吸器械强迫送进氧气，把身上接满各种插管，给没有恢复希望的人注入大量药物。

这些做法的结果，也许有时能将心脏跳动的时间延长数日。

可是，那样真的可以称为"活着"吗？

在孤独的病房里，靠器械维持呼吸的事情是悲惨的，而在今天超高水平医疗的世界里是经常发生的。

不考虑生命的意义，只是凭感情叫喊"所有的治疗"只是一种利己主义。对那样叫喊的心情有同情的余地，但还是利己的。并非患者本意，只是家属和医疗人员按照自己意愿所做的利己行为。谁都具有这种利己的行为。

然而这个时候，我心里想到的，是一种丑陋的利己行为。

进行大量输血，使用升压剂，根据需要连接上呼吸器维持呼吸，顺利的话也许能维持几天时间。如果把信州一带贵重的血液制剂收集来，也许能使安昙女士的心脏再跳动两天。

应该这样做，还是不应该呢……

医生权限的可怕之处，就在于这样的时候要马上实行。

可是，让犹豫不决的我最后下决心的，是安昙女士那和蔼的面容。

宛如她平时睡着一样的面容。

这也是生命的一种形式。

正是这种"生命的形式"，决不会允许只是为了让心脏跳动，破坏这种状态，接上满是插管的器械。

"大夫……血压又下降了……"

因为病情突变跑过来的年纪大些的护士，慌忙招呼我。

显示器上，血压已经降低到几乎检测不出来的程度，脉搏20左右……

"……就这样吧！"

我原打算清楚地说，可声音嘶哑得她们没有听到。

看到不知所措的护士，这次我清楚地告诉她们。

"就这样吧，看守着就行了。她终于可以看到丈夫了。"

听了我的话，上年纪的护士轻轻点了点头。看来我并非独断专行。

马上跟那位经常来的绅士联系！我指示她们后继续看着显示器。

脉搏数还在下降，终于呼吸停止了，接着心脏停止了跳动。

十二月二十二日，下午九时十五分，确认死亡。

我出声宣布死亡，年轻的护士立即哭了起来。旁边年纪大些的护士也用手帕去掩饰那就要流出的眼泪。

安昙女士对于每一个护士来说，都是能给她们"治愈"的非常温和的老人。

我没有哭。对每一次死亡都流泪的话不可能干下去。

我从被子下取出安昙女士的右手，握住。

"辛苦啦！安昙女士。"

紧握的手，尤有余温。

写完死亡诊断书，我被一种难以言喻的空虚感所笼罩，仰起了头。

头脑中闪现着最近几天自己做出的各种判断。

在只能卧床静养的危险状态下允许她到屋外去，明明是消化道出血却去买来本人想吃的蛋糕，病情突变时没有进行输血……

脑海中很多种不同的选择不停地穿梭，让我的脚下发软。

要是不允许外出就在房间里静养呢？要是继续停止经口摄取蛋糕等一切食物呢？病变时采取输血和心脏按压等所有措施呢？也许能延后一星期左右，可是……

……那样的话没有意义！

我想大声喊叫出来。可是谁又能肯定地说这样的想法不是利己的呢？

我站起身来，走向 300 号病房。

刚才病房里还有接到联系赶来的老绅士，现在没有一个人。老绅士在与安昙女士告别后，因要准备安昙女士的后事暂时出去了。

取下白布，看到安昙女士和往常一样温和的面孔。也许是护士们精心化妆的缘故，面容跟平常没有任何变化。

就这样行吗？还是想哪怕多活一天也好呢？

问她也不会得到回答。

突然我想起一件重要的事。

那顶红褐色的帽子。

不是说那是丈夫送的礼物，要带到坟墓里去吗！拜托我在她死的时候给她戴上。是在去楼顶的那一天吧……

我打开了有些昏暗的病房里的柜橱。

马上找到了那顶毛线帽子。我拿起它展开，准备戴到安昙女士头上的时候，哎！我不由发出声来。

帽子中有什么东西。取出一看是一叠纸。

一叠便笺，最上面一张上写着：栗原大夫。

那是去世的安昙女士写给我的信。

颇有安昙女士风格的小小的、稳重的文字排列成行。

尊敬的栗原一止先生：

先生看到这封信的时候，大概是我已经启程去看我丈夫以后的事了。也说明您没有忘记给我戴上这顶帽子的约定。我要再三表示感谢。

能遇到先生真是荣幸。我这一辈子一直痛恨着命运之神，可最后的最后把这些怨恨都化作感谢也深感不足。

想起我去大学医院的时候，大医生说过的话："大学医院不是为安昙女士这样的人看病的地方。"那么，我在哪儿看病好呢？我问道。大学医院的医生只是露出为难的表情。不过，那时我马上想起先生的面孔，先生一定会伸手帮助我这个身患绝症的老太太。我知道这一点。

生病是非常孤独的事。

我知道先生每天非常劳累，可还是希望先生今后能把给我的温暖的时间给予更多孤独的人。总觉得先生无论何时都在思索着不知道是什么样的问题，我没有能力和时间帮先生出点主意。不过有一件事是可以确定，就是先生对我的治疗是很出色的。

对于生病的人来说，最难受的是孤独。先生帮我消除了孤独，还告诉我，即使病治不好，还有很多事能让你觉得活在世上真好。

万一，先生遇到什么挫折失去自信的时候，我会大声地说。

多亏先生，我才能有这样开心的一刻。

说不定是丈夫去世后三十年中最为开心的时刻。

突然困了起来，还有很多心情想跟您说，暂且写到这吧。

还请您千万千万要多保重！

我会从天堂向您致以最高的谢意！

安昙

到底经过了多长时间……

在昏暗的病房中，我一直呆呆地站着，手里握着那顶红褐色的毛线帽子和从天堂来的信。

再等下去，已经去世的安昙女士也不会跟我说些什么了，可还是这样站着。

吧嗒吧嗒，像是突然下起了雨。不好……重要的信会被淋湿的……别说傻话了，这里是病房。房间里怎么会下雨……

文字有些模糊，湿了的文字变得模糊不清。

是我在哭。那不是下雨，全都是泪水。

呜呜……

我痛哭起来。

真不知道会有这么多眼泪出来……

我握紧手中的信，看到床头柜上有个小盒子。

装蛋糕的小盒子，那熟悉的徽记。

盒子里，还剩有一大半的蛋糕歉疚地挤在盒子一侧。

深志神社的灯笼红通通的。

把安昙女士送出医院以后，我像丢了魂一样感到空虚，踏上了回家的路。

虽然踏上回家的路，还是被神社里红红的灯笼所吸引，在院内坐了下来，抬起那空虚的脑袋望着天空。

觉得过了好长时间，慌忙掏出怀表一看，夜里十一点十分。从医院里出来只过了十分钟。

我慢慢地站起身，在红色灯笼之间走了起来。脑袋里蒙眬一片不清楚在想着什么。神社里的树林被风吹得哗哗作响。

说不出的哀伤和不知对谁的愤慨，像走马灯般地在脑子里跑过来跑过去。

人死就是这么一回事。

虽已是常事，但还是忍不住想。

我实在不擅长悲伤……

走向绳手街的同时，我掏出手机给老婆打电话。

"喂！"听到她那和平常一样清脆的声音，一下子有种安稳的感觉。人的心情有时是那么复杂，有时又是那么单纯。

"……怎么啦？阿一。"

看到我不吭声，老婆问道。

"又是谁去世了吧？"

真是厉害，一下子就察觉出来了。我不由苦笑着。

"阿榛真不得了。"

"你不要紧吗？"

"不要紧。只是，虽然这是工作上的事，还是觉得心里不安稳。这个时候我想还是在那个九兵卫喝点酒再回去是不是好些……"

"我一起去可以吗？"

温柔的声音。

"那当然好。要是和阿榛一起喝的话，二级酒也是大吟酿的味道。"

"要那样说，九兵卫的老板可要伤心了啊！"

开朗的声音温暖着我的心。"我马上就过去，你先喝着！"她说完挂了电话。

没留神已经走到女鸟羽川的桥上，时间过了十一点，幸好今晚九兵卫的灯还亮着。

哗啦一下拉开门，看到掌柜那张粗犷的脸。

扫了一眼店内，只是柜台前有一个客人。

又黑又大像怪物一样的男人，赶紧把目光转向别处。

黑怪物？

把挪开的目光再返回去一看，我轻声问。

"是次郎？"

"这不是一止嘛。"

怪物挑起眉毛跟我打招呼。

有"黎明前"。老板连个笑脸都没有给我。

"黎明前"是信州辰野地方产的名酒。藏量少，并没有在全国各地上市。是种酸甜辣味调配的非常到位余味醇香的好酒。酒的名称由岛崎藤村的长子——楠雄亲笔题写，看上去别具风格。

看到那个别具风格的笔迹，突然想起学士殿下。

回到出云去以后还好吧……不，不用担心，学士殿下肯定什么时候会再跟我们欢聚一堂的。

看了一眼身旁，次郎和往常一样，还是"吴春"。真是一根筋的男人，就认定"吴春"好。喝那种垃圾般的砂山特制咖啡的人，对酒倒是很挑剔。

停住举起杯子的手，次郎嘀咕着。

"是吗，安昙女士去世了……"

眼睛看着远处，像是在眺望着这里不存在的东西一般眯缝着。

"那个和蔼的老奶奶……"

我用杯子接着老板斟的"黎明前"。

"两小时前，一瞬间的事。"

"一瞬间吗……"

把杯中的酒一饮而尽。

"那还好。"

用不必要的大声说道。

"什么？"

"胆囊癌因疼痛和腹水等症状是种很痛苦的病。如果能一下子走掉，还算好啊。"

"……你这家伙和阿榛只有一个共同点，就是在黑暗中也能看到光亮，惊人的积极。"

"别说傻话了。你小子只知道悲观地向后看，那是不行的！闹不好还在想着安昙女士的事吧？是不是自己做得不够啦，治疗上有什么问题啦。"

前面也说过，醉了的次郎有时还真能抓住问题的核心，让你猛然大吃一惊。不过不能在脸上流露出来，更沉稳地拿起杯子。

次郎眼睛还是盯着"吴春"的酒瓶，继续说着。

175

"我想安昙女士还算幸福啊。能从医院楼顶上看北阿尔卑斯山，最后吃上自己想吃的蛋糕。这样繁忙的每天，我可想不到那些细节问题。你还是个了不起的男人，真了不起！"

难得见他夸别人。而且对安昙女士的事情知道得那么详细。

"怎么搞的，北四病房的你，对南三病房的事情那么清楚呢？"

对我的话，次郎只是笑了一下。怎么跟平常的反应不一样呢？我稍微有些不快。

"说起来，你一个人在九兵卫喝酒也是非常少见啊，有啥企图吗？"

"约好了，在等人呢。"

"等人？不是埋伏吧？"

"烦人！就是我，不能有点浪漫吗。"

浪漫！我笑了。脑子里闪现出的是哥斯拉手里拿着花束左右行走的姿态，走过之后是一片废墟。

像是不让我想下去，次郎改变了话题。

"对了，大学医院的事怎么样了？现在不是好机会吗？没打算离开本庄医院去做一下尖端医学？"

"……大学医院里没有安昙女士那样的患者。"

"那倒是。收留无法治愈的绝症患者不是大学医院的事。那里是专业医疗和高度医疗。有很多治疗是本庄医院做不了的。"

"……我真的需要那些吗？"

听到我这样嘟囔，次郎慢慢地把目光从"吴春"转向我。

我默默地举起酒杯。

接着，问老板要"佐九之花"。

这酒如同其名，是长野东部佐久的地方名酒，是老婆喜欢的品牌，和"黎明前"一样为信州的名酒。藏量不多也和"黎明前"一样，另外年头不同的酒味道会有变化也有意思。

"喂！一止。你是想留在本庄吗？"

"……老实说，我也搞不清楚。不过，在我学那么尖端医疗的期间，不需要那些东西的患者们会孤独地死去，这也是事实。"

我的左手放在口袋里，手里握着安昙女士的信。

生病，是非常孤独的事。

"我并不讨厌去买蛋糕送给患者。"

正确的医疗是什么？我心里一点没数。对于未来也没有充分的信心。可是，安昙女士说了，她度过了开心的时刻，而这段时间从一开始就是所谓尖端医疗无法起作用的。我只是做了现在的我能够做的事，顶多是有些过于伤感。

"我想，没有结论之前，还是仔细考虑为好，草率从事不符合我的性格。"

次郎沉默片刻，说："不管怎样，打算先留在本庄，今后怎样还不知道，是这样吗……"

我没有吭声。

"守护着濒死的老人和酒精中毒者，与癌症末期患者共度最后的时光，那样好吗？在日新月异的医学世界里，你就打算原地不动地站着，这样干下去吗？"

我还是沉默不语。

"好啦！"次郎耸着肩膀笑了。

"要我说什么呢，一止。"

"嗯？"

"我想没准就会成为这个样子。"

"要想成为你预测的那样，现在改变主意也不晚。"

"又说傻话。"

他大声笑了起来。

"好啦！正如你说的，坦率地说，哪个是最好的选择，我也不清楚。像我这样从大学医院里出来的，会觉得这样好。你呢，肯定也会有只有你才看得清的事情。"

他喝干了杯中的酒。

"实际上，安昙女士多亏了你，走的时候还算幸福，真的！"

对我来说，这才是最高的赞赏。

慌忙把"佐久之花"连同胸中突然涌起的东西一同咽下。

放下的杯子里，老板又给斟满了一杯"佐久之花"。

这杯算我请客！听到他说。怎么我周围粗犷面孔的人中会体贴人的就这么多呢。

"要是想学的话就是过十年也可以学，现在只能按照自己确定的路走了。从我这儿说，你留下的话，也可以安心做好工作了，直美也会高兴的。"

"别绕着弯说话呀，你这家伙。倒是你，阳子那怎么样了？黑大汉的没有结果的单相思……"

说着，哗啦一声九兵卫的拉门开了。

以为是老婆来了，回头一看，我猛地愣住了。一个身穿白色的短外套、斜纹布短裙的可爱姑娘站在那里。栗色的短发，分明是在哪儿见过的女性。

见到歪着脖子看着的我，那女性倒是相当吃惊睁大了眼睛。

次郎稍微抬了抬手，招呼她。

"对不起！和一止偶然碰上了。"

什么！次郎认识的人啊，我正这么想着，忽然间脑子里一闪，停下了端到嘴边的酒杯，傻傻地说。

"这不是阳子小姐吗？"

大概是精心打扮的缘故，跟平常的印象相当不同，我一下子没认出来。

"您好！栗原大夫。"

水无阳子慌忙点头。

"到这样的地方干吗呀，大晚上的一个女孩子出来不危险吗？这世上，像这个黑怪物一样无礼的男人，都会在这鬼怪横行的夜晚中徘徊啊！"

我这个人，总是在一些重要的场面中看不清形势。

再看阳子，脸上通红像是有些忐忑不安。

"对不起！一止。还没跟你说……"

我转向次郎，是从未见过的一种怪怪神情的笑脸。

"我们在交往。"

"……我不记得跟你这家伙有什么交往。"

"笨蛋！是和阳子。从一周前。"

恐龙口吐狂言。

才喝了两杯半，不会是我醉了听错了。肯定是次郎那家伙说胡话。

"冬天的寒冷把你大脑皮层冻住了吧，次郎。"

"我是从一周前开始跟阳子交往的。终于得到了，我的天使。"

我努力满怀同情心看着这个大声说着胡话的知己。

头脑清楚的知己，终于也被恋爱这个不治之症俘虏踏上不归路了。我深深地叹着气。

可是，阳子一下子坐到次郎身旁，说出令人吃惊的话。

"栗原大夫，次郎先生说的是真的。不好意思，今后也请您多关照！"

脸上红到耳根的阳子，这样说着一下子低下了头。

……命运之神啊，像是有时也会开着奇妙的玩笑。难道"美女和恐龙"真变成了现实？

我来回看着色迷迷地笑着的黑大汉，和脸红到耳根的小姑娘，找不到要说的话。什么坏事也没做，怎么我倒有些感觉不好呢？

原来如此。

突然理解了。

次郎对安昙女士的事那么清楚，原来情报来源是在这儿。

举止不当的我终于迎来了救星，大门拉开了，等得不耐烦的老婆总算露出了脸。

"对不起，来晚了，阿一。"

跟我打招呼的老婆，看了一眼店里。

"啊！砂山先生也在啊，还带来一个这么可爱的小姑娘。"

笑着朝他们两人低头致意。

只扫一眼，顿时察觉全部事态，老婆的慧眼总是那么厉害！

早已把人家请的"佐久之花"喝干的我，除了跟掌柜的再要一杯"飞露喜"之外，再也想不出说些什么。

明年不去大学，就这样在本庄医院干下去！

我说出这个结论，是古狐先生连续五天住在医院里，脸色更加苍白的时候。

"……这样好吗……"

像是有些担心般歪头看着我，简直是一个幽灵。

"要说好不好，说实话我也不清楚，只能这样说。不过，至少现在就这样可以。"

"非常辛苦的地方啊，这里。"

"我知道。所以才不能把脸色比谁都差的先生撂下我自己走。"

听了我的话，古狐先生把眯成一条缝的眼睛睁大了一点，然后马上又眯了起来微笑着。没有说话，轻轻摇动着脑袋像是在思考什么问题，过了一会儿，慢慢地点了点头。

是吗，听到他嘟囔了一句。快要滑落的眼镜中，小小的眼睛闪着温柔的光。

"先生特意帮我联系，真对不起！"

"那只是我的一时兴起。"

古狐先生略微点了下头，然后又深深地低下。

"嗯，我很高兴。你认可了这个位于医疗最底层的医院。"

尽说些费解的话。

"那么，栗原君。"